사도의 8일

The Eight Days of the Crown Prince Sado
By Cho Sung-Ki

Published by Hangilsa Publishing Co. Ltd., Korea, 2020

사도의 8일

생각할수록 애련한

조성기 장편소설

한길사

제 *1* 일

후터분하다. 후터분하다. 그저께 즈음 제법 큰비가 내려 좀 선선하더니 오늘은 맑게 개어 습기를 머금은 더위를 참아내기 힘들다. 영남과 호남에는 가뭄이 심하여 논밭이 갈라 터지고 있다 한다.

아버지가 영호남에 기우제를 지내도록 하교下教하고 기우제에 쓰일 향까지 내려보냈다. 이런 날씨에 뒤주에 갇혔으니 이마에 땀이 줄줄 흐르고 갑갑하기 그지없다. 땀에 섞여 피도 흐른다. 휘령전徽寧殿 마당에서 이마를 바닥에 짓찧으며 아버지에게 제발 살려달라고, 이제는 아버지 말씀을 잘 듣겠다고 애원하지 않았던가.

냄새도 고약하다. 뒤주 안을 얼른 닦아낸 것 같지만 묵은쌀 냄새, 가마니 짚 냄새, 진한 나무 냄새, 게다가 쥐똥 냄새까지 섞여 머리가 어지러울 지경이다. 어딘가 틈새로 공기는 들어오는지 숨은 근근이 쉴 만하다.

나는 등을 뒤주 벽면에 기대면서 다리를 뻗어보았으나 무릎이 꺾이고 만다. 누운 자세인지 앉은 자세인지 분간이 안 된다. 아버지는 뒤주에 웅크리고 있는 나의 자세와 옷차림까지도 지적할 만한 사람이다.

지난해 십이월 이십이일에 아들 이산의 혼례를 앞두고 며느리를 보러 아버지가 기거하는 경희궁으로 갔다. 아버지가 내 옷차림을 보더니 대뜸 망건줄을 끼우는 관자를 잘못 달고 왔다고 호통쳤다. 세자가 착용하는 무늬 없는 도리옥관자를 달지 않고 정삼품이 쓰는 무늬 있는 통정옥관자를 달고 왔다고.

사현합思賢閤에서 마주친 아버지가 망건 바로 밑 양쪽 귓바퀴 위에 달린 동그란 옥관자까지 여겨볼 줄은 미처 몰랐다. 하긴 통정옥관자가 조금 크긴 해서 아버지의 매서운 눈을 비켜가기 힘들었는지도 모른다.

나도 도리옥관자를 찾아 달려고 했으나 어지럽게 옷을 입는 나의 못된 버릇 때문에 방안이 너무 흩뜨러져 있어 도무지

찾을 수가 없었다. 망건도 여러 번 바꾸어 쓰느라 정신이 없었다.

그날 관자 하나 잘못 달았다고 셋 중 한 명을 뽑는 삼간택도 보지 못하고 아버지에게 쫓겨 덕성합德成閣으로 먼저 내려와야만 했다. 물론 며느리로 누가 뽑힐지 미리 알고는 있었다. 판서 김시묵의 딸로 이미 내정되어 있었으니까.

상견례 자리에 앉아 보지도 못하고 시아버지 될 사람이 쫓겨나다니. 그래도 내가 대리청정을 하는 소조小朝인데 대조大朝인 아버지가 이렇게 무시해도 되는 것인가. 그 순간에는 사실 아버지를 그냥 어떻게 해버리고 싶은 충동이 스멀거렸다.

날이 점점 어두워지고 있다. 뒤주 안에서도 빛의 후박厚薄을 감지할 수는 있다. 한동안 적막이 감돌던 바깥에서 귀에 익은 아이 목소리가 들린다. 아들이다. 삼 년 전에 여덟 살 나이로 이미 세손에 책봉된 이산이다.

"마마! 아비를 살려주소서!"

얼마나 크게 울부짖는지 뒤주 안에서도 또렷하게 들린다. 아버지가 휘령전 마당에서 나에게 칼을 내밀며 자결하라고 명할 때도 열한 살 이산이 편전 앞문인 합문으로 달려 들어와 관과 용포를 벗고 엎드려 저렇게 애걸하지 않았던가. 두 손을 모아 빌면서.

아버지는 이산을 보고는 급히 소리쳤다.

"세손을 빨리 모시고 나가라!"

내가 옆에 있는 주서 이광현의 손을 잡으며 이산을 좀더 가까이 데리고 오라고 부탁했다. 벌써 이산은 내 마음을 알았는지 엉금엉금 기어서 내 쪽으로 다가왔다.

"어찌 세손을 모시고 나가지 않느냐?"

아버지가 호위하고 있는 건장한 별군직들을 노려보았다. 군사 한 명이 얼른 이산을 안고 나가려 하자 이산이 울음을 토하며 버둥거렸다.

"마마! 아비를 살려주소서!"

저 목소리는 지금 나는 것이 아니라 아까 이산이 외친 소리인지도 모른다. 하긴 별군직 군사 팔에 안겨 나갔던 이산이 이 밤중에 다시 와서 뒤주 옆에 꿇어 엎드릴 리가 없다. 어쩌면 어둠을 틈타 이산이 사람 눈을 피해 숨어들어 왔는지도 모른다.

나도 아들의 이름을 부르며 소리치고 싶다.

'아들아! 마음을 굳게 먹어야 한다!'

하지만 목구멍이 마르고 잠겨 소리가 나오지 않는다. 주먹으로 뒤주 벽을 두드려 내가 아직 살아 있다는 신호를 보낼 뿐이다. 주먹도 너무 세게 두드려서는 안 된다. 아무쪼록 지금은 아버지의 심기를 건드리지 않도록 조심해야 한다. 당장은 아버지가 나를 죽이고 싶겠지만 아버지의 성격으로 보아 하루이틀 지나면 마음이 바뀔지도 모른다. 정신 바짝 차리게 하려고 극형에 가까운 뒤주형을 며칠이나마 겪어보도록 하는지도 모른다.

아들 이산이 누구에게 업혀가는지 버둥거리며 울음을 터뜨린다. 이 울음도 휘령전에서 들었던 그 울음인지 모른다.

첫아들 이정이 경춘전景春殿에서 태어난 지 이 년 만에 부스럼병을 앓다가 갑자기 통명전通明殿에서 숨을 거두었을 때 비통하기 그지없었다. 돌이 지나자마자 세손으로 책봉한 손자가 세상을 떠나니 아버지도 하늘을 원망할 만큼 절통해하며 애도사를 친히 지어주었다. 애도사는 그대로 애도시였다.

오직 너 세손아

내가 너를 안았을 때

하늘이 이 나라를 도운 것으로 생각했다

오래 침전 곁에 두고도 때로 자리가 비면 허전하였고

항상 밥상 곁에 앉히고 먹을 때마다 권하였는데

기왕에 태어나게 해놓고 왜 또 죽이는지

그 이치를 알 수 없고

비록 명은 하늘에 있다 하나 사람에게도 달려 있으니

이 슬픔 끝없구나

그 모습 생각하면 아련하게 맑은 눈망울 보이는데

빈실殯室만이 고궁에 남았고

아버지는 나와 아내의 슬픔도 함께 애도시로 표한 셈이
었다.

아련하게 맑은 눈망울 보이는데.

생긋생긋 웃는 얼굴에 맑기 그지없던 이정의 두 눈망울이
나에게는 '아련하게'가 아니라 늘 바로 눈앞에 여실히 떠 있
다. 내가 뒤주에서 죽는다면 저세상에서 이정을 다시 안아볼

수 있을 것인가.

이산의 애원하는 소리와 울음을 들었는데 왜 이정 생각이 이리 날까. 이정이 죽을 당시 아내가 이산을 배고 있었다. 나는 이산이 자꾸만 이정이 환생한 아이로 여겨졌다.

눈물로 그렁그렁할 이산의 두 눈망울이 가슴 깊은 곳에서 오열을 토하게 한다. 지금 아내는 이산을 끌어안고 목 놓아 통곡하고 있을 것이다. 정신이 오락가락하는 남편을 구완하느라 한숨과 눈물이 마를 날이 없었던 아내가 사무치도록 보고 싶다. 그 향긋한 가슴에 안기고 싶다. 뒤주에서 나가기만 한다면 이제는 아내와 더불어 아버지가 원하는 건실한 세자의 삶을 살아갈 수도 있을 텐데.

하지만 밤이 깊어갈수록 내가 뒤주에서 결국 죽고 말 것이라는 생각이 더욱 밀려온다. 바깥은 밤이고 뒤주 안은 더한층 짙은 밤이다. 밤은 죽음을 닮았다.

뭔가 내 오른발 복숭아뼈를 건드리는 감촉이 느껴진다. 혹시 뒤주에 살아남아 있는 생쥐가 아닌가 싶어 흠칫 다리를 오므린다. 그런데 다시 손으로 더듬어보니 막대기 같은 것이 움직이고 있다. 내가 그것을 손으로 쥐자 움직임도 멈춘다. 가만히 끌어당겨 보니 의외로 부채가 아닌가. 부채가 어떻게 뒤주에 있는 거지? 부채가 느껴졌던 다리께를 유심히 보니 뒤주 맨 아래 구석에 주먹만 한 구멍이 뚫려 있다. 아마도 쥐들이 갉아먹어서 생긴 구멍일 것이다. 누군지는 모르지만 그 구멍으로 부채를 밀어넣은 모양이다. 그 구멍으로 바깥 횃불 불빛이 언뜻언뜻 비친다.

좀 있으니 물이 담긴 작은 종지가 들어온다. 청심원 제호탕도 들어온다. 매실과 꿀로 만든 제호탕을 마시고는 나도 모르게 "시원하다!" 소리를 낸다. 바깥에서는 몰래 넣느라 숨을 죽이고 있는 듯하다.

잠시 후 낮은 목소리가 구멍을 통해 들려온다.

"저하, 사서 임성입니다."

"자네가 제호탕도 넣었는가?"

"그러하옵니다. 또 필요한 것이 있으시면."

"우선 이 옷부터 갈아입고 싶네. 이 무명 저고리는 땀이 차서 몸에 자꾸 들러붙네. 깨끗한 적삼을 가져오게."

임성이 무명 적삼을 가져와 구멍으로 밀어넣는다.

"무명 말고 베적삼을 가져오게."

내가 용포를 벗고 꿇어 엎드릴 때 안에 입고 있던 생무명 저고리를 아버지가 보고 혀를 찼다.

"저거 저거, 내가 빨리 죽으라고 상복을 입고 있네."

나는 인원왕후 삼년상이 지났지만 최복衰服을 여전히 안에 갖추어 입고 있었다.

임성이 베적삼을 가지고 왔는데 이번에는 옷을 얼른 입을 수 있다.

뒤이어 미음 그릇이 들어온다.

"저하, 주서 이광현입니다."

"주서 고맙네. 이렇게 가까이 와도 탈이 없는가?"

"전하께서는 들어가시고 협련군 군사들만 둘러서 있습니다. 군사들도 눈물을 흘리고 있습니다."

"전하의 동정은 어떠하신가?"

"휘령전 불빛이 깊고 멀어 전하의 동정은 잘 모르겠습니다."

갑자기 바깥이 부산해지더니 임성과 이광현이 달아나는 듯하고 누가 구멍에다 대고 나무판을 박기 시작한다. 구멍을 들킨 모양이다. 대못 박는 소리가 내 심장을 찌르는 듯하다. 횃불 빛도 차단되고 다시 뒤주 안은 깊은 바닷속처럼 깜깜하다.

나는 부채를 조심조심 펴서 부쳐본다. 약간은 더위를 식혀주는 것 같기도 하다. 기진맥진해 있다가 시나브로 힘이 난다.

다시금 나를 들뜨게 하는 기운이 저 밑에서 스멀거리는 것을 느낀다. 섬뜩하면서도 마력적인 그 기운이라면 자물통으로 잠긴 뒤주 뚜껑 천판天板쯤은 너끈히 부술 수 있을 것이다.

남편은 아버지 대조에게 옷차림 지적을 자주 받다 보니 옷을 입을 적마다 여간 신경 쓰는 것이 아니었다. 차츰 심해져어떤 때는 열 벌 스무 벌 서른 벌을 가지고 와서 입히려 해도옷이 몸에 닿는 것을 꺼려하여 벗어 던져버리거나 찢어버리기 일쑤였다. 옷에 귀신이 붙었다면서 불에 태우기도 했다. 한해 동안 불 태운 비단 군복이 여러 궤짝이었다.

다행히 진정되어 옷 한 벌을 겨우 입으면 이제는 옷 갈아입는 일이 두려워 옷이 때에 절어 누추해질 때까지 벗으려 하지 않았다. 어떤 날은 옷을 입고 나오다가 누가 길을 지나가는 것이 보이면 후다닥 벗어버리곤 했다. 사람이 지나가지도 않았는데 누가 지나갔다면서 헛소리를 할 때는, 아무리 그렇지 않다고 호소해도 들으려 하지 않았다.

세상에 이런 병이 있다는 소문은 들어보지 못했다. 내 나름대로 의대증衣襨症, 옷병이라 이름을 붙여보았다. 의대증이 도지면 옆에서 시중드는 내관內官과 내인들을 때리고 심지어 칼로 찌르기도 하니 남편 옷을 입히기 위해 목숨을 걸어야 할 판이었다.

결국 의대 시중은 남편이 그 무렵 가장 총애하던 수칙守則 박씨 빙애가 맡기로 했다. 빙애는 숙종대왕의 계비 인원왕후의 침방내인으로 인원왕후가 영모당에서 승하한 후 남편의 눈에 들어 아들 이찬과 딸 청근을 낳기까지 했다.

남편은 밤에 변장하고 미행을 나가기 위해 빙애에게 의대를 가져오라고 했다. 이번에도 빙애가 가지고 온 옷들을 제대로 입지 못하고 허둥거렸다. 빙애는 어찌해서든지 입혀보려고 애를 썼다. 그런 중에 정신이 나가 빙애를 마구 구타하기 시작했다. 빙애는 그만 혼절하고 숨을 거두고 말았다.

정신이 돌아온 남편이 허겁지겁 달려와 자기가 빙애를 죽였다면서 아버지가 알면 큰일이라고 나에게 시신 처리를 부탁했다. 밤새도록 숨을 죽이고 시신을 숨겨두었다가 새벽녘에 서소문 근방 순회세자궁이었던 용동궁으로 시신을 내보냈다. 장례 비용도 넉넉히 주어 어느 정도 격식을 갖추어 장사하게 했다. 꽃다운 나이에 두세 살밖에 안 된 아기들을 두고 세상을 하직했으니 애석하기 그지없었다.

　대조께서 남편과 빙애가 관계한 것을 알고, 대왕대비를 수종하던 침방내인을 어떻게 건드릴 수 있느냐, 어른들을 섬기는 내인은 절대 취해서는 안 된다는 왕실 법도도 모르느냐, 호되게 꾸지람을 한 적이 있다. 그러자 남편은 분을 이기지 못하고 낙선당樂善堂 양정합養正閤 우물에 뛰어들었다. 마침 우물물이 얼어 있어 다행이었지 물이 깊었으면 큰 변을 당할 뻔했다. 낙선당을 지키는 방직 박세근이 우물로 들어가 덩치 큰 피투성이 남편을 업고 나오느라 고생했다. 여러 대신이 궁궐로 들어오다가 이 광경을 목격했으니 송구하기 짝이 없었다.

　남편이 빙애를 아끼긴 아꼈던 모양이다. 대조가 크게 노하여 남편에게 빙애를 내놓으라 해도 끝내 숨겨두고 내놓지 않았다. 마침 화완옹주가 시댁에 나가 있던 때라 사람을 딸려 빙애를 그 집으로 내보내며 감추어두라고 부탁했다.

대조가 빙애를 잡아오라고 군사를 보냈다. 군사들이 남편과 빙애의 살림집을 수색하고 낙선당, 저승전儲承殿, 시민당時敏堂 들을 뒤지며 빙애를 찾았다. 하지만 대조나 군사들이 빙애가 어떻게 생겼는지 그 얼굴을 몰랐다. 남편은 빙애 대신에 다른 내인을 내세워 빙애라고 속이고 잡아가라고 했다. 그만큼 아끼고 사랑했던 여자를 의대를 잘못 입힌다고 때려죽이다니.

마침내 대조께서도 남편이 빙애를 죽인 사실을 알고 추궁했다.

"왕손의 어미를 네가 처음에는 매우 사랑하여 우물에 빠진 듯한 지경에까지 이르렀는데 어찌하여 결국 죽이고 말았느냐? 정신 차리고 똑바로 살라고 잔소리를 하니 죽였느냐?"

'우물에 빠진 듯한 지경'이라고 한 것은 양정합 우물 사건을 염두에 두고 하는 말이었다.

남편은 어릴 적부터 시강원 서연書筵에서 『효경』 『소학』을 비롯하여 『동몽선습』에다가 유교 경서인 『논어』 『맹자』 등의 사서삼경, 『자치통감』 『십팔사략』 같은 역사서를 배우고, 나중에는 『심경』 『근사록』 『성학집요』 같은 성리학서까지 공부해야만 했다.

성리학서는 남편으로서는 복잡하기 이를 데 없었다. 이理와 기氣라는 말이 뒤죽박죽 끝도 없이 반복된다고 나에게 불평한 적도 있었다. 달걀이 먼저냐 닭이 먼저냐 하는 결론 없는 논쟁과 같다고도 했다. 점점 공부가 깊어지고 정신이 어려워지자 남편은 서연을 게을리 하게 되었다.

한 달에 두 번 있는 시민당 회강會講 때는 그동안 배운 것을 평가하고 점검했다. 죽첩경서통이나 시운통에 들어 있는 대쪽 생柹들에서 하나를 뽑아 대쪽에 적혀 있는 경전 문구를 해석하거나 시구절을 가지고 시를 지어야 했다. 성적은 통通, 약略, 조粗, 불不, 네 가지 목패로 매겨졌다.

한번은 회강에서 남편에게 춘방관이 '통'을 주자 남편이 말했다.

"내가 빠뜨린 것이 있다."

춘방관이 대답했다.

"이것은 관례입니다."

이 소식을 들은 대조가 세자에게 성적을 헤프게 매긴 춘방관을 처벌하라고 명했다.

"어찌 학문의 중요한 고비에서 구차스레 세자의 마음을 기쁘게만 할 수 있겠는가?"

서연 강학講學에 대한 반발인지 언제부터인가 남편은 도교의 경서들을 구해 가지고 와 누가 시키지도 않았는데 스스로 밤새도록 읽고 공부했다. 『참동계』『용호비결』『정통도장』『포박자』抱朴子, 『태평청령서』『옥추경』玉樞經 등 이루 헤아릴 수 없었다. 그외 『금병매』『육포단』 같은 염정소설들도 있고, 『성경직해』聖經直解, 『칠극』七克 같은 이상한 종교서적들도 있었다.

어떤 경서들은 청나라에 다녀오는 역관에게서 구하기도 했다. 특히 당주복자 김명기에게 도교 경서들을 베껴오라고 하여 되풀이 읽으며 외우기까지 했다.

당주복자는 나라에서 비가 내리도록 비는 기우제, 눈이 내리도록 비는 기설제, 날이 맑게 개도록 비는 기청제祈晴祭를 드릴 때 주문을 외거나 기도를 드리는 소경 무당이나 점쟁이

들이다. 김명기는 경서를 베껴올 뿐 아니라 자기가 지은 주문
도 써와서 남편이 암송하도록 했다.

남편은 도가의 주문들을 외우면 몸과 정신이 건강해지지
않을까 해서 더욱 몰두하는 것 같았다. 이 사실을 대조께서 안
다면 당장 불호령이 떨어져 몰래 읽던 경서들을 불태워버렸
을 것이다. 내가 그 점을 염려하여 경서들을 멀리하라고 하면
남편은 아낙이 상관 말라고 버럭 고함을 치며 도교에 대해 일
장연설을 하기도 했다.

"이 『옥추경』은 말이야, 여기 주문을 외면 귀신도 부릴 수
있어. 그리고 장생불사의 영약인 금단金丹을 만드는 비책도
나오는데 금단을 잘 만들어 먹으면 몸과 정신의 병이 낫는대.
수련을 거듭하면 죽음을 보지 않고 비승飛升할 수도 있어."

죽음을 보지 않고 곧바로 선계로 올라간 환진인, 김가기 같
은 도인들의 이야기를 들려주기도 했다. 신라 유생 김가기는
당나라 유학 시절에 종남산에서 백주에 만인이 지켜보는 가
운데 천상의 선인들에게 둘러싸여 선계로 날아 올라갔다고
했다. 환진인은 금단을 복용했지만 김가기는 금단조차 복용
하지 않고 비승했다는 것이었다.

22

그런 황당한 이야기를 들려주는 남편의 두 눈에는 광기 같은 것이 어른거렸다. 김명기가 써준 주문이나 『옥추경』의 경문을 외면 욀수록 남편의 증상은 더욱 심해지기만 했다. 『옥추경』에는 우락부락한 마흔여덟 개의 신상이 그려져 있고 각종 주문이 적혀 있었다. 천계가 너무나 어지러워 제정신인 사람도 『옥추경』을 읽다가는 머리가 혼란스러워질 지경이었다.

어느 날 한밤중에 느닷없이 남편 처소에서 비명 같은 소리가 들렸다.

"뇌성보화천존이 보인다!"

귀신을 부린다더니 천둥 벼락 귀신이 현현顯現했다는 것인가. 내가 황급히 남편 처소로 달려가 보니 남편은 귀신을 부리기는커녕 방바닥에 납작 엎드려 부들부들 떨고 있었다. 귀신을 부리려다가 오히려 귀신에게 지핀 꼴이었다.

그 이후로 뇌성보화천존 귀신에게 씌었는지 남편의 상태는 극도로 나빠졌다. 그간에도 정신이 좀 어렵기는 했지만 『옥추경』을 접하고 나서는 전혀 딴사람이 되고 말았다. 그렇게도 몰두하던 『옥추경』이었으나 이제는 '옥'玉 자나 '추'樞 자만 보아도 고개를 돌리며 몸을 움츠렸다.

남편을 그런 지경으로 빠뜨린 『옥추경』과 김명기가 원수처럼 여겨졌다. 의대증이 심해진 것도 어찌 보면 이 무렵 정신이 무너졌기 때문일 것이다.

단오가 되면 임금이 신하들에게 금박 입힌 환약을 나눠주는데 체했거나 설사할 때 먹으면 효험이 있었다. 그리고 이 환약을 오색실에 꿰어 달고 다니면 재액을 물리치고 무병장수한다고 했다. 이 환약 이름이 '옥추단'이라 남편은 먹지도 못하고 차지도 못하고 멀리하기에 급급했다.

천둥 번개가 치면 뇌성보화천존이 보이는지 사색이 되어 귀를 막고 엎드렸다가 그친 후에야 간신히 몸을 일으켰다. 우레 '뢰'雷 자와 벼락 '벽'霹 자도 바로 쳐다보지 못했다. 아버지 대조께서도 죽을 '사'死 자와 돌아갈 '귀'歸 자를 아주 꺼려했으니 글자 무섬증도 부전자전인 셈이었다.

이렇게 무서워하는 증세가 있는 반면 그와는 정반대로 어디서 괴력이 솟는지 전혀 거리낌 없이 말을 달리고 활을 쏘고 칼을 휘둘렀다. 미행을 핑계 삼아 바깥 기생이나 비구니들과 놀아나기도 했다.

궁궐에서 내관과 내인들을 만나면 그들을 불러 세워놓고는 칼을 빼들고 소리쳤다.

"네 아비 욕을 실컷 해보아라. 그렇지 않으면 이 칼에 베일 줄 알아라."

명령을 받은 자는 죽기를 두려워하여 아비를 모독하는 욕을 더듬더듬 하기 시작했다.

"더 크게!"

아비를 욕하는 소리가 온 궁궐에 울렸다. 아비를 욕하다가 통곡을 하거나 쓰러지는 자들도 있었다.

왜 아비를 욕하라고 했을까. 남편이 아버지를 욕하고 싶은 충동을 그 내관과 내인들이 대신 발산해주기를 바랐던 것일까. 어떤 날은 수십 명을 모아놓고 목청껏 아비 욕을 하게 했다.

남편은 양제 임씨, 수칙 박씨 말고도 여러 내인을 가까이했는데 내인이 조금이라도 꺼리는 기색이 보이면 살이 터지도록 때리고 나서 피투성이 된 몸을 범했다.

당번내관 김한채의 목을 베어 그 머리를 손에 들고 다니며 내인들에게 보여주었을 때는 정말 까무러칠 뻔했다. 나는 그 때 생전 처음 목이 잘린 머리를 보았다. 얼마나 섬뜩하고 흉측하던지.

한번 사람을 죽이고 나자 예삿일처럼 연이어 내인 여럿을 죽였다. 귀신이 시키지 않고서야 어찌 그런 끔찍한 일을 저지른단 말인가.

제*2*일

지금 이때다!

나는 발작하듯이 몸을 솟구쳐 머리로 뒤주 천판을 들이받으면서 두 팔에 힘을 모아 천판을 밀어올린다. 우지끈, 천판이 뜯겨나가듯이 열리고 만다. 나는 쏜살같이 뒤주를 박차고 나와 어둠 속을 내달리기 시작한다. 군사들이 달려오는 것 같지만 내 발걸음을 따라잡지는 못한다.

어디가 어딘지 알 수 없고 내가 어디로 달려가고 있는지도 모른다. 무조건 바깥 대기를 한껏 들이마시며 달음질치고 있을 뿐이다. 숲속으로 들어선 것으로 보아 함인정涵仁亭, 경춘전, 통명전을 지나쳐 온 모양이다. 좀더 달려가면 부용지, 영화당이 나올 것이다. 얼마나 급히 달렸는지 숨이 턱까지 차오른다. 두 다리도 후들거린다.

홀연 어두운 숲이 훤히 밝아진다. 횃불을 손에 든 군사들이 어느새 나를 둘러싸고 있다. 엉겁결에 허리춤에서 칼을 찾았으나 칼이 있을 리 없다. 나를 달리게 한 그 기운도 마침내 내 몸에서 빠져나가고 만다. 후우, 한숨을 내쉬며 주저앉는다.

나는 다시 끌려와 뒤주 안에 갇힌다. 군사들이 천판에다 널판을 덮어 대못질을 한다. 분노한 아버지가 직접 망치를 들고 있는지도 모른다.

이제는 동아줄 같은 것으로 뒤주를 아예 묶어나가는 모양이다.

"좀더 당겨. 단단히 당겨."

군사들의 힘쓰는 소리에 아버지의 명령이 더해진다.

"틈 하나 없도록 다 막아!"

아버지는 정말 틈 하나 없는 사람이다. 아버지 앞에만 서면 숨이 막힌다. 나는 사실 오래전부터 뒤주 안에 갇혀 살았다 해도 과언이 아니다. 스스로 완벽하다고 여기는 아버지는 나에게도 완벽을 요구해왔고, 그러면 그럴수록 나는 움츠러들고 흐트러지고 어긋나기만 했다.

아버지는 변덕을 부려도 교묘하게 합리화하는 비상한 재주를 지녔다. 나를 뒤주에 넣기 바로 직전에도 휘령전에 신주를 모시고 있는 정비 정성왕후의 혼령을 끌어왔다. 혼전魂殿에서 정성왕후 혼령의 소리를 들었다고 했다.

아버지는 손뼉까지 쳐가며 대신들에게 말했다.

"신하들도 혼령의 소리를 들었는가? 정성왕후의 혼령이 나에게 말하기를 '변란이 호흡 사이에 있다'고 했다."

반란이 임박했다는 그 소리를 대신들이 들었을 리 없는데 아무도 듣지 못했다고 답하지 못했다. 정성왕후 혼령의 소리는 아버지만 들은 것이 아니라 대신들도 다 들은 말씀이 되고 말았다. 반란의 주인공은 바로 나이기에 처형을 당해야 마땅하다는 것이었다.

신의 계시를 받아 아들을 죽인다고 하니 어느 신하가 말릴 수 있을 것인가. 말리는 낌새만 보여도 그 즉시 파직을 당했다. 영의정이든 좌의정이든 우의정이든 예외가 없었다. 좌의정인 장인도 사위가 죽어가고 있는데도 한마디 간할 수 없었다.

아버지는 반란을 막는다는 명목으로 협련군에게 명하여 휘령전 문들을 네다섯 겹으로 경계하도록 하고, 담벼락을 향하여 칼을 뽑고 서 있도록 했다. 누구라도 담을 뛰어넘으면 즉시 베어버릴 기세였다. 뿔나팔까지 불게 하여 비상사태임을 알렸다. 내가 마치 역적의 두목이라도 되는 양, 두목을 구하러 졸개들이 금방이라도 몰려오는 양 삼엄하기 그지없었다.

널판 위에 무언가를 얹는 소리가 들린다. 둔탁하지는 않은 것으로 보아 떼를 얹는지도 모른다. 아예 뒤주를 무덤 모양으로 만들려는 것인가. 나를 빨리 쪄 죽이려는 것인가. 아까와는 달리 숨 쉬기가 점점 어려워진다. 뒤주 안에 공기가 얼마나 남아 있는지 모르지만 그 공기로 버텨야 한다.

아버지가 뒤주 가까이 있는 모양이다. 내가 뒤주를 뛰쳐나갔으니 화가 머리끝까지 나 있을 것이다. 내가 뒤주 벽을 두드리며 살려달라고 다시 애원해보아도 지금은 아무 소용이 없을 것이다.

뒤주가 훌쩍 들리더니 흔들흔들 어딘가로 옮겨진다. 아버지의 정비 정성왕후의 혼이 모셔진 신령한 휘령전 앞에 사람이 죽어가는 뒤주를 계속 둘 수는 없을 것이다. 나는 중심을 잡기 위해 두 팔과 두 다리로 뒤주 벽을 한껏 밀어야만 했다.

드디어 뒤주가 바닥에 내려졌다. 뒤주가 옮겨진 거리로 보아 휘령전 옆쪽 숭문당 마당인 듯했다. 숭문당은 임금이 유생들을 불러모아 경서를 논하고 잔치를 베풀기도 하는 곳인데 그 마당은 혼전을 향해 곡을 올리는 자리이기도 했다.

수백 년 동안 이곳에 쌓여 있는 곡소리가 들리는 듯하다. 내가 뒤주에 갇히기 전에 차라리 병이나 사고로 죽었다면 나를 위해 문무백관들이 떳떳이 여기서 곡을 했을 텐데.

목이 몹시 마르다. 아껴 마시던 종지의 물은 뒤주가 옮겨지는 바람에 다 쏟아지고 말았다. 허리를 구부려 물에 젖은 뒤주 바닥을 혀로 핥아본다. 퀴퀴한 나무 냄새만 혀로 진하게 전해질 뿐이다. 입술과 혀가 타들어가는 것 같다. 그래도 몸속에 아직 물기가 남아 있는지 소변이 마렵다.

억지로 참아보지만 어쩔 수 없는 지경에 이른다. 양물을 꺼내어 오줌을 누려니 요강으로 쓸 만한 게 없다. 물이 담겨 있던 종지를 찾았으나 어두워 잘 보이지 않는다. 그냥 바닥에 싸는 수밖에 없다. 오줌이 양물에서 나오기 시작하자 문득 오줌을 마시고 싶은 충동을 느낀다. 옆에 놓인 부채를 펼쳐 오줌을 받아낸다. 오줌이 부채를 흥건히 적시며 밖으로 흘러내린다.

오줌이 빠져나가서 그런지 더욱 목이 말라 견딜 수 없다. 목마른 고통은 생전 처음 느껴본다. 부챗살 사이에 고여 있는 오줌을 마신다. 오줌 맛이 생각보다 그리 역하지는 않다. 목의 갈증도 조금은 덜어지는 듯하다. 오줌을 마시고 오줌을 누고 또 오줌을 마시고 오줌을 누다 보면 어느새 오줌도 말라버리고 말 것이다.

휘령전 마당에 처음에는 시강원 관원들만 도열해 있고 다른 대신들은 들어오지 못하도록 했다. 대신들은 뭔가 간언하려고 합문의 군사들을 밀치고 들어왔다가도 아버지의 서슬에 눌려 쫓겨나가기 일쑤였다. 그런 중에 뒤주가 마당에 놓여졌다. 나의 자결 시도를 번번이 막은 시강원 관원들이 이번에는 뒤주에 들어가는 것을 막을까 싶었는지 아버지는 관원들마저 내쫓았다. 그래도 한림 임덕제만은 단단히 엎드린 채 나가려 하지 않았다.

"왜 한림은 나가지 않는가?"

아버지가 나무라자 임덕제가 더욱 엎드리며 대답했다.

"사관이 어찌 소조 곁을 떠날 수 있습니까?"

"세자를 폐했는데 어찌 사관이 있겠는가?"

"대조께서는 계시지 않습니까?"

"무엄하다. 썩 물러가라!"

결국 임덕제도 호위병인 금군들에게 끌려 나갔다. 임덕제가 군사들을 꾸짖었다.

"나는 사관이다. 나의 손은 사필史筆을 잡는 손이다. 이 손이 잘릴지언정 끌려 나갈 수 없다."

하지만 군사들의 완력을 어찌할 수 없었다. 나는 끌려 나가는 임덕제의 옷자락을 엉겁결에 붙잡았다.

"한림마저 나가버리면 나는 어쩌란 말인가. 누구를 의지한단 말인가."

나도 옷자락을 붙잡은 채 통곡하며 합문 쪽으로 나오게 되었다. 이미 어스름이 내려 합문을 지키는 군사들이 횃불을 밝히고 있었다.

"세자는 다시 들어오라! 시강원 관원들은 속히 세자를 데리고 들어오라! 그렇지 않으면 극형에 처할 것이다!"

아버지의 불호령이 떨어졌다. 세자를 폐했다고 하면서도 세자를 부르고 있었다. 나는 갑자기 요의가 느껴져 수십 보를 걸어 내려가서 담장에다 소변을 보았다. 바깥세상에서 마지막으로 소변을 보는 거라는 예감이 들었다.

목이 마르다고 하니 내관 하나가 청심원을 푼 물을 가져다주었다.

내가 관원과 대신들을 둘러보며 물었다.

"이제 나는 어찌 해야 하는가?"

다들 선뜻 말을 못 하고 있는데 사서 임성이 대답했다.

"오늘 저하께서 하실 일은 대조의 처분을 공손히 기다리는 수밖에 없습니다. 비록 밤을 새우더라도 대조께서 명을 취소하신 후에야 나올 수 있습니다."

그제야 다른 신하들도 임성을 거들었다.

"그래야겠지."

나는 한숨을 길게 내쉬고 다시 마당으로 들어갔다. 시강원 관원들과 대신들도 따라오려고 했으나 군사들이 막아서 들어오지 못했다.

주변에 군사들 외에는 곤룡포를 입고 월대月臺에 우뚝 서 있는 아버지와 마당의 나밖에 없었다. 내 바로 앞에는 높이가 삼 척 반쯤 되는 뒤주가 관처럼 덩그러니 놓여 있었다.

"들어가라!"

"부주여, 살려주소서! 이제는 정신 차리고 살겠습니다."

"너에게 기회를 준 적이 몇 번이더냐. 네가 죽인 사람들의 목숨값을 치르도록 하라!"

그 말을 듣자 뒤주 안에는 그동안 내가 죽인 자들의 혼령이 우글거리고 있는 것만 같았다. 빙애의 혼령도 거기 있을 것이었다. 나는 열려 있는 뒤주의 양편 가장자리를 두 손으로 잡고 다시 한번 흐느끼며 호소했다.

"부주여, 살려주소서!"

"들어가라!"

남편이 뒤주형을 당하기 일 년 전 유월에 학질에 걸려 생사를 오갈 정도로 고생했다. 여름 더위에 상하면 겨울에 학질이 걸리기 쉽다고 하는데 남편은 한여름에 학질을 앓았다. 추위에 턱을 덜덜 떨면서 큰 벙거지 같은 휘항을 뒤집어쓰고 있다가 열이 펄펄 끓으면 혼절하기도 했다.

학질에 효험이 있다는 시령탕, 불이음, 노강양위탕 등을 복용해도 별 차도가 없었다. 남편은 도교 경서에서 읽었다면서 신선벽하단을 만들어달라고 했다. 나는 도교에서 말하는 금단이니 선단이니 하는 것들을 꺼려했지만 남편의 병이 낫는다면 뭐든 가릴 일이 없었다.

하지만 신선벽하단 만드는 과정은 여자가 보면 안 된다고 해서 약원에게 몰래 부탁하여 제조해달라고 했다. 약원에서 오방五方에 해당하는 강한 약들 다섯 종류를 조합하여 떡에 넣어 환약으로 빚어왔다. 조그맣고 동그란 환약 한 개씩을 솜에 싸서 이른 아침에 남편의 왼쪽 콧구멍에 넣어주었다. 약 기운이 코를 타고 온몸에 퍼지는지 제법 효력이 있는 것 같기도 했다.

팔월에 가서야 학질이 겨우 잡혔다. 그동안 제대로 먹지도 못하고 독한 약에 취해 남편은 초췌할 대로 초췌해지고 말았다. 장대한 체구가 물 먹은 솜이불처럼 쪼그라들었다.

지금 와서 돌이켜보니 그 이듬해 뒤주형으로 죽을 줄 알았다면 차라리 그때 학질로 돌아가시는 것이 나을 뻔했다. 그랬다면 남편 자신도 억울하지 않고, 우리 집안도 화를 당하지 않고, 당쟁도 심해지지 않고, 신하들도 무사했을 것이다.

하지만 남편의 뒤주형에 대한 논란으로 몇 대에 걸쳐 피비린내 나는 조정이 이어지고 말았다. 뒤주형은 도무지 만고萬古에 없는 일이다. 세상에는 사람을 처형하는 형벌의 종류가 많지만 뒤주형은 책에서 읽어본 적도 없고 소문으로 들어본 적도 없다.

『대명률』에 태형, 장형, 도형, 유형, 사형 등이 있고 거기에 해당되는 죄와 처벌 방식이 정해져 있다. 사형에는 목을 매는 교형과 목을 베는 참형이 있다. 교형이든 참형이든 고통이 순간에 끝나지만 뒤주형은 죽어가는 고통의 시간이 닷새가 될지 열흘이 될지 아무도 모른다.

능지처참이란 능지陵遲, 즉 언덕을 천천히 오르듯이 고통을 되도록 길게 느끼며 죽도록 하는 처형 방식이다. 그래서 팔다리 등 신체 부위를 하나씩 잘라내기도 하고 온몸의 살을 수백 수천 번 포로 떠서 극한 고통을 가하기도 한다. 뒤주형도 먹지 못하고 마시지 못하고 서서히 죽어가도록 하므로 능지처참형에 해당한다.

도대체 누가 뒤주형을 대조께 제안했단 말인가. 대리청정하고 있는 소조를 죽이는 처형 방도를 누가 감히 입에 담을 수 있단 말인가. 처음에 대조는 휘령전 섬돌에 앉아 칼을 안고 두드리며 남편에게 자결하라고 재촉했다. 남편은 자식이 아버지 앞에서 자결하는 법은 있을 수 없다면서 마당 구석으로 물러나 엎드렸다.

대조가 월대로 나와 목소리를 높였다.

"내가 죽으면 삼백 년 종묘사직이 망한다. 하지만 네가 죽으면 종묘사직은 오히려 보존될 수 있으니 네가 죽어야 한다."

결국 남편이 대조의 칼을 받아 들고 몸을 찌르려 하자 시강원 관원들이 달려들어 칼을 빼앗았다.

"아직도 죽지 않았느냐?"

대조의 냉랭한 편잔에 남편이 허리에서 대대大帶를 빼내어 목을 감아 졸랐다. 남편이 숨이 막혀 쓰러지자 이번에도 관원들이 달려와 목에 감긴 대대를 허둥지둥 풀었다.

나중에는 벗어둔 용포를 찢어 목에 감으려고 했으나 그것도 신하들이 막았다. 관을 벗은 시강원 관원들과 대신들의 통곡소리가 요란하고 남편이 자결 소동을 벌이는 어수선한 와

중에 금군들이 휘령전 마당으로 뒤주를 들고 왔다. 궁궐 잔치 음식을 만드는 밧소주방 뒤주였다.

"뒤주가 작다. 더 큰 것으로 가져오라."

군사들이 이번에는 선원문 밖에 있는 어영청 동영에서 군대에서 사용하는 큼직한 뒤주를 가져왔다.

뒤주형은 그 누구의 제안으로 시행된 것이 아니라, 소조 자결이 여의치 않자 대조가 소조를 찔러죽일 수도 없어 스스로 명을 내려 급히 마련했을 것이다.

부친은 그 무렵 소조 편을 들었다는 이유로 영의정에서 파직되어 포천 양평 지역인 동교 처소에 기거하고 있었다. 하지만 닷새 후 대조께서는 변덕스럽게도 부친을 좌의정에 임명하면서 조정으로 다시 들어오라고 했다. 부친은 병이 깊어 막중한 직분을 감당할 수 없다는 상소를 올리며 지체하다가 사위인 소조가 처형될 처지에 놓였다는 소식을 듣고는 급히 대궐로 달려왔다.

저녁 무렵 홍화문에 도착했으나 너무 충격을 받아 혼절하는 바람에 다시 지체되어 밤이 늦어서야 간신히 입시入侍할 수 있었다. 부친이 혼절했을 때 이산이 그 소식을 듣고 극한 슬픔 중에도 외조부에게 청심원을 드리자고 해서 이산과 내가 먹으려 했던 청심원을 보내기도 했다.

사실이 이러한데도 부친이 뒤주를 가져왔다는 소문이 나기 시작했다. 이런 소문이 나중에 부친에게 화禍를 미칠 것 같아 불안하기 그지없었다.

남편이 뒤주 안으로 들어갈 무렵, 나도 칼을 들어 자결하려고 했으나 내관들이 칼을 앗아가는 바람에 그치고 말았다. 다시 칼을 찾았으나 어디에 있는지 보이지 않았다. 나는 자결을 미루고 숭문당을 지나 휘령전으로 이어지는 건복문 밑으로 가서 귀를 기울였다. 대조께서 호령하는 소리, 칼을 두드리는 소리, 소조의 애원하는 소리가 뒤섞여 들려왔다.

굳이 칼로 심장을 찔러 자결하지 않고 그 소리들만 엿들어도 심장이 절로 멎을 것 같았다. 나는 가슴을 주먹으로 치며 주저앉고 말았다.

대조께서 세자를 폐하여 서인으로 삼는다고는 했지만 아직 문서로 만들지는 못했다. 대조께서 사관에게 '폐세자반교'를 쓰라고 했으나 사관은 엎드린 채 "죽여주십시오"만 되풀이하며 끝내 명을 따르지 않았다. 도승지 이이장, 제학 한익모, 승지 조중회, 승지 이익원, 승지 정순검이 하나같이 죽는 한이 있어도 세자를 폐하는 전교傳敎는 쓰지 못하겠다고 버텼다. 물론 그들은 즉시 파직되었다.

문서로 작성되든 안 되든 이미 폐세자 하교가 떨어졌으므로 나도 이제는 세자빈이 아니었다. 세자빈이 아닌 이상 대궐에 있을 이유가 없었다.

내가 합문 앞에 이르러 눈물을 쏟으며 무릎을 꿇고 대조께 상소했다.

"처분이 이러하시오니 죄인의 처자가 안연히 대궐에 있기도 황송하옵고 세손을 오래 합문 바깥에 두는 죄가 무거울까 두렵사오니 이제 본집으로 나가겠습니다. 천은으로 세손을 보존하여주소서."

"내관을 오라 하라."

대조의 대답을 가까스로 들을 수 있었다. 내관들에게 나와 이산이 본집으로 돌아가는 일을 시중들도록 하려는 배려인 듯했다.

내가 대궐을 나갈 채비를 하고 있으니 오라버니가 달려왔다. 오라버니는 작년에 정시문과에 병과로 급제하여 교리 벼슬을 하고 있었다. 오라버니이지만 나를 세자빈으로 극진히 공경했다.

"폐위되어 서인이 되었으니 대궐에 있지 말고 본집으로 나가라는 하교가 내려졌습니다. 가마를 들여오겠으니 나가도록 하십시오. 세손 가마로는 뚜껑이 없는 작은 남여籃輿를 들여오겠습니다."

오라버니와 나와 세손이 서로 부둥켜안으며 흐느껴 울었다. 나는 거의 실신하여 누군가에게 업혀 청휘문을 지나 저승전 앞문에 놓인 가마에 올랐다. 윤상궁도 나와 함께 가마에 오르고 내인들이 가마를 따라오면서 통곡했다.

세손은 작은아버지와 오라버니가 남여에 태워서 모시고 나왔다. 세손빈궁은 사돈집에서 가마를 가지고 와 청연과 함께 대궐을 나왔다. 가마를 타고 가는 도중에 내가 혼절을 한 모양이었다. 눈을 떠보니 윤상궁이 울면서 내 몸을 주무르고 있었다.

친정으로 와서 내인들이 나를 건넌방에 뉘었다. 나는 차라리 목숨을 끊고 싶었으나 내가 죽으면 열한 살 아들에게 말할 수 없는 고통을 안겨줄 것이었다. 어린 아들이 이 일로 충격을 받아 병이라도 들면 어쩌나 걱정되었다. 내 마음을 추스르기 힘든 중에도 아들의 마음을 돌아보아야 했다.

"망극망극하나 다 하늘의 뜻이다. 네가 몸이 평안하고 착해야 나라가 태평하고 성은을 갚을 것이니 서러운 중에도 네 마음을 상하게 하지 마라."

세손은 작은아버지와 내 남동생들이 밤낮으로 모시며 보호했다. 특히 막냇동생은 어릴 적부터 궁에 들어와 세손과 잘 놀았는데 그 아이가 작은 사랑채에 세손을 모시고 자며 여드레를 지냈다.

세손빈궁의 아비 판서 김시묵과 아들 김기대도 찾아와 문안했다. 세손궁 내인들이 모두 따라 나왔으므로 집이 좁아 남쪽 담장 밖에 있는 교리 이경옥의 집을 빌려 담을 트고 왕래했다. 김판서댁이 며느리를 데리고 와서 세손빈궁을 모시고 있게 했다.

그런 중에 세손강서원 유선 박경원이 찾아와 대문 밖에서 아뢰었다.

"세손께서 석고席藁하시게 하십시오."

아들이 아버지가 뒤주에서 죽어가고 있는 마당에 석고대
죄를 하는 것이 마땅하긴 하지만 차마 어린아이를 어쩌란 말
인가.

부친은 하루가 지나도록 대궐에서 나오지 않다가 이튿날
임금의 교지를 받들고 집으로 왔다. 모자가 부친을 붙들고 한
바탕 통곡했다. 부친이 임금의 교지를 전해주었다.

"보전하여 세손을 구호하라."

내가 살아남아서 세손을 보살피고 돌보라는 뜻이었다. 대
조께서 나와 아들의 목숨은 지켜주고 세손의 지위도 유지해
주겠다는 약속인 셈이었다.

남편을 따라 죽지 못해 원통하지만 세손을 아끼는 대조의
교지를 받으니 어미로서는 감읍하지 않을 수 없었다. 여전히
울고 있는 세손을 내가 어루만지며 말했다.

"나는 네 아버지의 아내로 이 지경이 되고 너는 네 아버지
의 아들로 이 지경을 만났구나. 다만 스스로 명을 이어가는 것
을 서러워할 뿐이지 누구를 원망하며 누구를 탓하랴. 모자가
이때에 보전하는 것도 성은이요, 우러러 의지하여 생명을 삼

음도 성상이시다. 너에게 바라는 바는 성상의 뜻을 받들어 힘쓰고 가다듬어 착한 사람이 되어 성은을 갚고 네 아버지의 효자가 되는 것이다. 이밖에 더 할 일이 없구나."

나는 천은에 감사하며 부친에게 부탁했다.

"남은 날은 주시는 날입니다. 하교를 받드는 사연을 위에 아뢰어주십시오."

부친이 다시 세손과 나를 붙들고 통곡하며 위로했다.

"그 뜻이 옳으니 세손이 현賢이 되시고 성聖이 되시면 성은을 갚고, 낳으신 아버지께 효孝가 되실 것입니다."

제3일

이틀이 지났는지 사흘이 지났는지 모르겠다. 희미하게 들리는 새소리로 아침이 왔다는 것을 느끼지만 그 새소리조차 정말 새가 우는 소리인지 가늠하기 어렵다. 다리가 몹시 저리고 뒤틀리는 듯하다. 머리가 쪼개질 듯 아프고 어지럽다.

소변을 두어 번 부채에 받아 마셨다. 이제 오줌도 거의 나오지 않는다. 조금 전에는 옷을 내리고 소량의 대변도 보았다. 미음 외에 먹은 것이 없는데도 숙변이 섞여 나온 모양이다. 뒤주 안은 소변 냄새, 대변 냄새로 진동한다. 냄새에 질식해서라도 숨을 빨리 거둘 것 같다.

차라리 속히 죽음이 다가왔으면 하지만 뜻대로 되는 것도 아니다. 내가 죽기까지 며칠이 걸릴지 알 수 없다.

나는 어둠 속에서 손으로 더듬어 종지를 찾는다. 종지 하나가 손에 잡힌다. 종지를 뒤주 바닥에 내리쳐 본다. 놋그릇이라 깨질 리 없다. 사기그릇이면 좋았을 텐데. 사금파리로 손목을 그으면 죽음을 재촉할 수도 있을 텐데. 부챗살로 가슴과 배를 찌를 수 있을까. 아마 부챗살이 먼저 부러지고 말 것이다.

사서 임성이 건네준 베적삼을 벗어 이빨로 찢어보려 해도 잘 되지 않는다. 고의 아래쪽을 묶은 행전을 하나 풀어 목을 감아본다. 행전 길이가 짧다. 나머지 행전을 더듬어 찾았으나 뒤주에 들어오기 전에 이미 풀려 달아난 것 같다. 행전을 잘못 매었다고 아버지에게 혼나던 일이 언뜻 생각난다.

고의 한쪽을 찢어 휘경전 마당에서처럼 목을 졸라 본다. 용포를 찢어 목을 조를 때와는 완연히 느낌이 다르다. 퀘애액, 퀘액, 기침이 터지면서 무명끈이 풀려버린다. 사실 목을 조를 힘이 없다.

오랜만에 배가 고파진다. 작년 여름 학질을 몇 달 앓는 동안 식욕을 잃었는데 다시 허기를 느끼기 시작하자 그제야 내가 살아 있구나 싶었다. 허기가 무척 반가웠다.

하지만 지금 허기는 채울 수 없는 허기다. 내가 죽어가고 있다는 표징에 불과하다. 목이 말라 오줌은 받아마셨지만 배가

고프다고 대변을 집어먹을 수는 없다.

뒤주 구석에서 몰래 기생하고 있는 벌레들이 있을지도 모른다. 바닥을 손으로 더듬어본다. 약간 까칠한 것들이 몇 개 손바닥에 느껴진다. 아무래도 쌀 속에서 기어나온 쌀벌레들 같다. 쌀을 먹고 자란 벌레이니 이걸 먹으면 쌀을 먹는 것과 같은 건가.

그것들을 집어서 입에 넣어 잠시 망설이다 꾹 깨물어본다. 쌀뜨물 냄새가 입안에 은근히 번진다. 이 정도면 삼킬 수 있겠다. 꿀꺽 힘주어 삼킨다. 하지만 너무 적은 양이다. 다른 벌레들도 있으면 좋겠다. 지네가 들어와도 잡아먹을 것 같다.

아버지는 언제부터인가 나를 보면 길게 이야기하지 않는 습성이 있었다. 내 말을 들을수록 귀가 더러워진다고 여기는 듯했다. 나도 아버지 앞에서는 바짝 긴장되어 말문이 막힌다.

아버지가 말을 짧게 하는 것이 서운하면서도 혹시 길게 하면 어쩌나 두려워지기도 했다. 아버지는 나를 보면 될 수 있는 대로 빨리 지나가려고 하면서 한마디 묻는다.

"밥은 먹었느냐?"

그리고 내가 대답이라도 할까 싶어 걸음을 재촉한다. 오늘 아버지가 밥은 먹었느냐 물으면 나는 또렷하게 이렇게 대답할 것이다.

"쌀벌레 몇 마리 먹었습니다."

아버지가 기겁하여 귀를 몇 번이고 씻느라 부산해질 것이다.

사 년 전 정월 초하루가 막 지난 즈음, 아버지가 병을 앓다가 회복되어 공묵합恭默閤에 나아갔다. 도제조 김상로가 보양식으로 닭찜을 올리겠다고 하자 아버지가 사양하며 말했다.

"나는 가축들이 생동하는 것을 보면 문득 이 물건이 언젠가는 사람의 먹이가 될 텐데 싶어 측은한 마음이 생긴다. 만약 삶아서 올렸는데 먹지 아니하면 어찌하겠는가? 이미 먹기가 싫은데 어찌 죽일 필요가 있겠는가?"

내가 옆에서 들으며 속으로 가만히 웃었다. 을해년 한 해에 오백여 명의 신하들 목을 벤 아버지가 닭 모가지 비트는 것은 불쌍해서 못 하겠다니.

허기와 함께 이상하게도 자꾸 잠이 몰려온다. 지난 며칠 잠을 자본 기억이 별로 없다. 사흘인가 나흘 전 온종일 퍼부은 비로 불어난 금천 물길을 헤치고 수구를 지나 창덕궁을 빠져

나왔다. 나는 칼을 빼들고 안국 거리를 내달렸다. 빗줄기는 점점 더 굵어졌다. 시강원 관원과 익위사 군사들이 허겁지겁 나를 따라왔으나 가로막지는 못했다.

"저하, 어디를 가십니까?"

"어찌 이리 내달리십니까?"

그들은 헐떡이며 뒤에서 소리를 지르기만 했다.

"경희궁으로 간다. 아버지를 죽이러 간다."

내 고함소리에 모두 기겁하고 길바닥에 엎드려 통곡했다. 쏟아지는 빗소리와 따르는 자들의 통곡소리에 정신이 번쩍 들었다. 지금 내가 무얼 하려는 거지? 지금 어디에 있는 거지?

나는 화들짝 놀라 오던 길을 되돌아 달리기 시작했다.

나의 죄 열 가지를 상소한 나경언의 고변告變이 있은 후, 아버지의 처분을 기다리기 위해 시민당 뜰이나 금천교에 엎드려 십팔 일간이나 대명했다. 하지만 어떤 하교도 없어 울분이 폭발해버렸는지도 모른다.

내가 아버지를 베겠다면서 칼을 빼들고 안국 거리를 내달린 일을 아버지가 알았고 결국 나는 이 지경이 되고 말았다.

비에 흠뻑 젖어 다시 창경궁으로 돌아가는 내 뒷모습이 보인다. 그야말로 정신이 들었다 나갔다 하는 광인의 행색이다. 차라리 완전히 미쳐 제정신이 돌아오지 않는 편이 나을지 모른다. 정신이 나가 저지른 짓을 정신이 돌아오면 거의 기억하는 편이니 이보다 더 황망한 일이 있겠는가. 뒤늦게 후회해보았자 아무 소용 없다. 귀신이 시킨 일이라 변명할 수도 없다.

잠이 점점 더 쏟아진다. 이제 자면 영영 깨어나지 못할지도 모른다. 차라리 그랬으면 좋겠다.

뒤주를 누가 흔든다. 뒤주에서 내가 죽었는지 확인하기 위해 군사들이 수시로 흔들어본다. 내가 빨리 죽어야 이 지루한 뒤주 파수 임무를 접을 것이다. 내가 어떤 반응도 보이지 않으면 연이어 뒤주를 흔들기 때문에 얼른 신음이라도 토해낸다. 잠결에 어, 어, 소리를 내어본다. 아직 살아 있다고, 군사들이 수군거리는 듯하다.

잠에 빠져들려고 하다가 다리 통증으로 퍼뜩 눈을 뜬다. 왼쪽 다리가 몹시 쑤신다. 다리 위치를 바꿔보려고 해도 거기가 거기다. 몸이 좁은 공간에 고정되면 온몸이 마비되게 마련이다. 신경도 마비되면 좋겠는데 통증은 그대로 생생히 느껴진다.

잠이 몰려오다가 통증으로 깨고 또 잠기운에 빠지다가 깨기를 반복한다. 눈꺼풀을 올릴 힘도 없어 겉으로는 여전히 잠든 모습일 터이다. 다리의 통증을 줄이려고 비스듬히 꺾여 있는 다리를 모아 무릎 꿇은 자세를 취해 본다. 그다음 머리를 뒤주 바닥에 대고 엎드린다. 대명하거나 석고대죄하는 자세가 된다. 사실 뒤주에서도 이런 자세로 아버지의 새로운 처분을 기다리는 것이 마땅하나 이미 아버지의 마음은 정해진 것 같다.

다섯 살 정월에 아버지는 느닷없이 세자에게 양위讓位하겠다고 승정원에 비망기備忘記를 내렸다.

"아! 나는 즉위한 지 십오 년이 되었다. 하지만 덕이 백성에게 입혀지지 않고 명령이 신하를 따르게 하지 못하고 기강은 한심한 지경이 되고 나라 꼴은 날로 근심스럽기 그지없으니, 임금 노릇하기가 어렵구나! 아! 임금의 자리가 어떤 자리이겠는가마는 나는 초개처럼 여길 뿐이다."

양위 비망기에 온 궁궐이 뒤집어지고 나는 뭐가 뭔지 모르면서 양위 하교를 거두어달라고 읊조리며 거적때기 위에 엎드려 있어야 했다. 나는 두 살 때 이미 세자로 책봉되어 있었다.

날씨가 너무 추워 사지가 부들부들 떨렸지만 다른 신하들과 함께 한참을 그 자세 그대로 있었다. 신하들은 머리를 마당에 짓찧어 이마가 피로 물들기도 했다.

다섯 살 세자에게 보위를 물려주어 어떻게 하겠다는 것인가. 다섯 살짜리가 서연 때 좀 똑똑하게 대답을 했다고 해서 임금 노릇할 자격이 있단 말인가. 대리청정이 아니라 양위를 선언했으니 대신들을 비롯하여 각부 관원들과 종친, 의빈들 육십여 명이 몰려가 양위 하교를 거두어달라고 거듭 호소했다.

다행히 저녁 무렵 양위 하교를 거둔다는 전교가 내려왔다.

"상소를 열 번 올리더라도 열 번 내리겠다"고 고집하던 아버지가 위로는 대왕대비를 근심케 하고 아래로는 세자를 근심케 한다는 명목으로 양위 하교를 철회했다.

나중에 알고 보니 그날의 소동은 영의정 이광좌가 임금에게 불만을 품고 사직 상소를 올리고는 입궐하지 않은 채 동작강가에서 윤허를 기다리고 있던 상황과 연관이 있었다.

"나에게 불만을 품고 영의정이 사직을 해? 그럼 나도 사직한다."

결국 이광좌가 달려와 울부짖으며 엎드렸다.

"전하, 이러시면 나라가 망합니다. 신의 죄가 죽어 마땅합니다. 하교를 거두소서."

이광좌가 돌아오자 아버지는 그럴듯한 명목을 대며 상소를 받아들이는 척했다.

며칠 후 이조판서 조현명이 양위 소동에 대해 신랄하게 비난하는 상소를 올렸다.

"일전에 내리신 뜻밖의 명을 도로 거두시기는 했으나 전하께서 애초에 무엇 때문에 이런 일을 하셨는지 모르겠습니다. 전하께서 즉위하신 후 십오 년 동안에 이런 일이 여러 번 있었습니다. 아무도 들어오지 못하게 문을 닫는 것으로 모자라면 음식을 물리치기에 이르고 음식을 물리치는 것으로 모자라면 보위를 사양하기에 이르렀습니다. 무릇 어려운 자리가 보위寶位인데 어찌 전하의 장난감처럼 경솔히 다루십니까? 동궁이 지금은 어리지만 나중에 들어 알면 반드시 크게 근심하게 될 것입니다."

그런데 다음 해 오월에도 아버지는 또 양위 소동을 벌였다.

그날 아버지는 숙종대왕 신주를 모신 숙묘 진전眞殿 문밖에 거적을 깔고 북면北面하여 엎드렸다. 임금은 신하들을 향해 남면南面을 해야 하는데 이번에는 숙종대왕의 혼령을 임금으로 모시는 북면 자세를 취했다. 마침 큰비가 쏟아져 아버지의 어의가 진흙탕 가운데서 흠뻑 젖고 말았다. 부름을 받고 도승지 신만이 달려와보니 임금이 빗속에서 눈물을 흘리며 엎드려 있는 것이 아닌가. 신만도 당황하여 같이 엎드려 소리내어 울며 아뢰었다.

"전하께서는 어찌하여 차마 이러십니까?"

"내가 나라를 잘 다스리지 못하므로 숙종대왕께 고하고 물러나 짐을 벗고자 한다. 세자에게 맡기기로 뜻을 정했다."

신만이 황급히 대신들을 불러 함께 아버지의 마음을 달래며 대왕대비에게도 이 사실을 알렸다. 신하들은 아버지가 왜 또 양위 소동을 벌이는지 알고 있었다. 얼마 전까지 노론, 소론, 소북 당파들이 상대를 비난하는 상소를 올리며 대판 쟁론을 벌인 것이었다.

"이제 다시는 저희들이 당쟁을 하지 않겠습니다. 당을 만드는 자나 당론을 하는 자는 엄벌에 처하십시오."

아버지가 주창한 탕평책에 충실하겠다는 결의를 신하들이 밝히자 그제야 대왕대비의 전교를 핑계 삼아 양위 의사를 거두었다.

열다섯 살 정월 내 생일 바로 다음 날 밤에도 승정원에 양위 봉서를 내려 신하들과 나를 당황하게 했다.

"내가 감히 효종, 현종, 숙종 대왕의 삼종혈맥三宗血脈의 하교를 어기지 못하여 비록 이 자리에 있지만 남면하기를 즐겨 하지 않는 마음은 이십오 년이 하루 같아서 날마다 세자 나이 들기를 기다렸는데 이제 다행스럽게도 열다섯 살이 되었다."

그 이하는 그동안 양위 하교를 내릴 때마다 늘 말하던 내용일 뿐이었다.

그날은 열다섯 살 된 세자빈이 쪽을 찌고 비녀를 꽂는 계례笄禮일이었다. 남자는 관을 쓴다 하여 관례라고 하고, 여자는 비녀를 꽂는다 하여 계례라고 했다. 나는 이미 아홉 살에 시민당에서 관례를 치렀다.

그리 경사스러운 날 아버지는 다시 온 궁궐을 들썩이게 했다. 나와 대신들은 밤잠을 자지 않고 불을 밝혀 대책을 논의했다. 여러 대신과 신하들이 아버지가 거처로 삼은 창경궁 환경전으로 나아가서 봉서를 거둘 것을 간청했다. 아버지는 거의 같은 말로 신하들의 호소를 물리쳤다. 이번에는 특히 나이들어 병이 심해졌다는 이유를 강조했다. 마침 비가 억수같이 쏟아졌다. 아버지가 계속 고집을 부리고 있다는 전갈을 받고 내가 비를 무릅쓰고 환경전으로 달려가 난간 밖에 엎드려 울었다.

"세자는 앞으로 오라."

그래도 나는 여전히 엎드려 있었다. 아버지가 네다섯 차례 명한 후에야 내가 겨우 일어나서 난간마루로 올라가 엎드렸다.

"왜 울기까지 하느냐?"

대신과 신하들도 소리 죽여 눈물을 흘렸다. 아버지의 얼굴에도 눈물이 흐르고 있었다. 신하들은 이때다 싶어 더 열심히 간언했다.

"여러 사람의 마음이 이와 같으니 다시 생각해보겠다."

나와 신하들이 일단 안도의 한숨을 쉬었다. 과연 다시 생각하여 어떤 하교를 내릴 것인가. 한참 동안 침묵이 이어지더니 드디어 아버지가 입을 열었다.

"부득이하다면 대리청정은 어떻겠느냐?"

몇몇 대신은 대리청정도 불가하다고 했지만, 결국 대리청정으로 결정된 것도 다행이라면서 뜻을 따르겠다고 했다.

나흘 후 나는 익선관을 쓰고 곤룡포를 갖추어 입고 시민당 보좌에 앉아 첫 조참朝參을 받았다. 대리청정식인 셈이었다. 문무백관과 종친들이 시민당 뜰로 들어와 나에게 두 번 절하고 나도 답배했다. 아버지는 협실에 앉아 나를 훔쳐보고 있었다. 뭇 신하들의 시선도 호기심을 가득 담고 나를 향해 있는 듯했다.

대리청정 예법에 서툴러 예조판서와 몇몇 승지와 사관이 벌을 받았다. 내가 그날 처음으로 한 일은 어느 신하의 상소를 가납해준 것밖에 없었다. 대리청정의 첫 하령下令은 '의위지' 依爲之, 즉 '아뢴 대로 하라'였다.

바로 그날 밤 나는 세자빈과 합례合禮를 치렀다. 가례는 이미 오 년 전에 치렀지만 성인이 되기까지 기다린 것이었다.

대리청정으로 타협을 보았던 아버지는 오 년도 채 지나지 않아 양위병이 또 도졌다. 그야말로 병이라 아니할 수 없었다.

아버지는 회갑이 다가와 신하들이 하례 잔치를 준비하려

하자 돌연히 송현궁松峴宮으로 들어가 다시 환궁하려고 하지 않았다. 송현궁은 인조대왕이 반정으로 임금 자리에 오르기 전 기거하던 잠저潛邸였다.

인조대왕은 반정에 성공한 후 "오늘날 조정 신하들이 다시 동인이니 서인이니 하겠느냐?"고 했다. 이제는 당파를 초월하여 나라를 새롭게 할 때라고 역설했던 것이다.

아버지도 노론, 소론, 소북, 남인 하는 당파들을 두루 중용하여 탕평책을 펼치려 했던 터라 인조대왕의 탕평정신을 모범으로 삼은 모양이다. 인조대왕을 떠올리게 하고 탕평정신을 상기하게 하는 송현궁이 텅 비고 낡은 것을 보고 쌀 이백 석과 무명 육십 동과 재목과 기와를 지원하여 수리하게 했다.

그날 나도 아버지와 동행했는데 먼저 영희전永禧殿에 들러 술잔을 올리는 작헌례로 태조 임신년 개국을 기념했다. 삼백 육십 년이 지나 여섯 번째 임신년을 맞이한 셈이었다. 태조 개국도 칠월 중순이고 그날도 칠월 중순이었다.

그해 칠월은 유난히 황해도, 전라도, 충청도 각 도에서 호랑이에게 물려 죽는 사람들, 즉 남사인觀死人이 많았다. 아버지는 일일이 남사인들의 유족들을 구호해주었다. 나는 그 소식이 올라올 때마다 호랑이 입에 들어가는 사람들의 심정이 어떠할까 상상해보기도 했다.

영희전에서 작헌례를 거행하고 나서 아버지는 정말 호랑이처럼 으르렁대며 신하들을 물어뜯을 듯이 호통쳤다.

"부덕하고 무능한 과인은 깊은 연못과 골짜기에 떨어진 것 같다. 태조께서 활과 화살로 힘써 개국하신 나라를 이제 당쟁을 일삼는 당필黨筆로 무너뜨리려 하고 있다. 신진 소관들은 붓질로 장난치고 주요 부서에 있는 사람들은 반은 검고 반은 희니 이것이 무슨 꼴인가. 열조列朝를 저버림이 부끄러워 차마 머리를 들고 문에 들어갈 염치가 없다. 아! 신하들은 끝내 그 마음을 씻지 못한다면 진전의 뜰에 들어가지 마라! 그리고 당습黨習을 일삼는다면 벼슬할 자격이 없다. 신하들은 스스로 헤아려 거취를 결정하라!"

당파와 당쟁을 극도로 꺼린 아버지는 '동색금혼패'同色禁婚牌를 집마다 문짝 위에 걸게 했다. 같은 당파끼리는 결혼도 하지 말라는 표지였다. 그래서 소론색이 짙은 나의 배우자로 노론파 집안의 딸을 간택한 것일까.

몇 달 후 송현궁 수리가 마무리되자 아버지는 탕평정신의 폣대인 송현궁에 들어가 다시 나오려 하지 않는 것이었다. 그날은 내가 홍역을 앓은 지 얼마 되지 않아 아버지와 동행하지 못했다.

비어 있는 궁에 오래 계시는 것이 좋지 않다고 신하들이 여러 번 간해도 들으려 하지 않았다. 신하들이 할 수 없이 임금의 전령인 승전색承傳色을 시켜 또 대왕대비에게 이 난감한 상황을 알리고 수습해주기를 기다렸다. 아버지가 송현궁에서 나가지 않겠다는 이유 중 하나는 이듬해의 회갑연을 취소하라는 것이었다. 승전색이 대왕대비의 봉서를 가지고 오자 아버지는 바깥 난간으로 나가 엎드려 받아 읽고 나서는 면복 소매 속에 넣었다.

"경들이 만약 경축하는 일에 대해 다시 말하지 않는다면 내 마땅히 대왕대비의 분부에 따르겠으나 그렇지 않을 경우에는 결코 돌아가지 않을 것이다."

신하들은 아버지의 회갑연 이야기는 다시 꺼내지 않기로 했다.

그런데 사흘 후 눈비가 내리는 십이월 추운 겨울 아침에 대조가 청포를 입고 희정당熙政堂 남쪽 중문 선화문으로 나가 대신들과 각부 신하들을 소집했다. 임금 옷인 홍포 대신에 청포를 입었다는 것은 예삿일이 아니었다.

"내가 할 말이 있다. 대소 공무를 동궁에게 들여보내라. 이 선화문에 앉은 이유는 세자 대리청정 이후에는 희정당 같은 정사당에 다시는 앉고 싶지 않아서다. 일전에 송현궁에 거둥擧動한 것도 큰 뜻이 있어서인데 대왕대비의 분부로 이루지 못했다."

큰 뜻이라는 것은 보나마나 양위였다.

"내가 그냥 연잉군延礽君으로 있었다면 어찌 이런 아픔이 있었겠는가? 이 옷을 벗지 않는다면 무슨 얼굴로 지하에 돌아가 형님을 뵐 수 있겠는가?"

그 무렵 아버지는 자신이 임명한 소론 영의정 이종성에 대해 노론 홍준해 등이 탄핵 상소를 올리는 바람에 신경이 날카로워져 있었다. 그 탄핵 상소를 대리청정하고 있는 나에게 올렸는데 나는 상소를 돌려주는 선에서 마무리해버렸다. 이 사실을 안 아버지는 내가 심각한 상황을 너무 안일하게 대처했다고 분노했다. 당장 홍준해를 대정현으로 배도압송倍道押送하라고 하교했다. 배도압송은 이틀 길을 하루에 내달려 귀양

보내라는 뜻이었다.

이와 같이 내가 대리청정 소조로서 결정해놓으면 아버지가 뒤집어버리고, 내가 어떻게 결정해야 할지 몰라 대조인 아버지에게 문의하면 그런 것까지 물어보느냐고 핀잔을 주기 일쑤였다.

매일 매일 상소를 처리하는 일이 여간 곤혹스런 일이 아니었다. 내가 대리청정하는 식으로 하다가는 나라 꼴이 말이 안 된다고 하면서도, 왜 그동안 나에게 반복해서 양위하려고 했던 것일까.

대리청정하는 중에 조선이 대조 아버지를 중심으로 돌아가는 나라가 아니라 청나라라는 대국의 허가를 받아야 하는 사안이 많다는 것을 새삼 알게 되었다. 임금 즉위는 말할 것도 없고 정비 책봉, 세자 책봉, 세자빈 책봉, 세손 책봉 등 주요 결정들은 사후에라도 청나라 황제의 허락을 받아야 했다. 나라에서 경축할 일과 조문할 일이 있을 때도 조선에서 청나라로 칙사가 가거나 청나라에서 칙사가 오곤 했다.

태조대왕도 명나라 황제에게서 국호와 왕이라는 칭호를 허락받고자 칙사를 여럿 보냈으나 도중에 요동도사遼東都司가

황제의 명이라면서 제지하는 바람에 황제를 알현하지 못해 애태운 적도 있었다. 그때 태조대왕은 황제에게 올리는 표문表文 말미에 이렇게 호소했다.

"바라옵건대, 황제 폐하께서는 소자小子를 대하는 인자한 마음으로 살펴주시고 하늘과 땅을 감싸는 도량을 넓히셔서, 신이 허리를 굽혀 호소할 곳이 없음을 불쌍히 여기시고 신으로 하여금 충성을 다해 새로운 출발을 하게 해주시면, 영원히 변방의 한 나라가 되어 만세에 강령康寧하기를 항상 빌겠습니다."

태조대왕부터 중국에 대해 이렇게 굴욕적인 태도를 취했으니 그 이후의 왕들이야 말할 필요가 없겠다.

아버지도 청나라에서 칙사가 온다고 하면 영은문迎恩門으로 마중 나갈 일과 입고 갈 복색, 모화관의 환영연, 바쳐야 할 공물과 은銀 등을 걱정해야만 했다. 칙사를 대접하는 총비용이 팔만 냥가량 들었다. 칙사들은 말발굽 모양으로 찍어낸 마제은馬蹄銀을 특히 좋아하여 공물 이외에도 수천 냥의 은을 받아 가지고 갔다.

아버지는 칙사 행차 소식에 입맛부터 잃었다.

"칙사가 행차하면 소용되는 비용이 한계가 없으므로 백성의 일이 걱정되어 먹어도 달지가 않다."

선화문으로 대신과 신하들을 불러 모았던 그즈음, 아버지는 첫 며느리 효장세자빈을 섬기던 어린 내인 문씨에게 빠져 있었다. 문씨가 아버지의 총애를 받자 나의 생모에게까지 무람없이 굴어, 대왕대비께서 내가 보는 앞에서 회초리로 문씨 종아리를 심하게 때린 적이 있었다. 어른 앞에서는 마주 앉아서는 안 되고 옆으로 앉는 곡좌曲坐를 해야 하고 문안 절을 올릴 때도 옆으로 절하는 곡배曲拜를 해야 하는데 문씨는 내 생모와 마주 앉는 실례를 범한 것이었다. 문씨 회초리 사건을 알게 된 아버지가 임금 노릇 못 해먹겠다고 양위 소동을 벌여 대왕대비에게 시위한 셈이었다.

선화문에서 내린 양위 하교를 거두어달라고 신하들과 내가 엎드려 울며 호소했다. 결국 대왕대비께서 희정당으로 나오자 아버지는 희정당 뜰 가운데로 내려와 엎드렸다. 대왕대비는 희정당에 앉아 아버지에게 승전색을 시켜 구두로 전교했다. 아버지 역시 승전색을 시켜 대왕대비에게 답을 올렸다.

승전색이 뜰로 나왔다 희정당으로 들어갔다 정신이 없

었다.

"주상은 무슨 연고로 찬 곳에 앉아 있는가? 즉시 올라오는 게 어떻겠소?"

"대왕대비께서 추운 궁전으로 나오시게 한 것 역시 신이 불초한 죄입니다. 마음이 몹시 답답하고 울적하여 감히 명을 따르지 못하겠습니다."

이런 비슷한 권유와 답들이 몇 차례나 계속 오갔다. 차가운 궁에 앉아 있으니 병이 들 것 같다는 대왕대비의 말도 아버지의 귀에는 들어오지 않았다.

아버지를 달래다가 지친 대왕대비는 뜻을 알겠다는 애매한 대답만 남기고 돌아갔다. 아버지는 대왕대비가 양위를 허락한 것으로 알고 양위 전교를 작성하게 하고는 처소로 돌아갔다.

신하들이 끈질기게 양위 전교를 거두어달라고 간청했으나 아버지는 아예 만나주지도 않고 공무를 올리면 도로 내려보내기만 했다. 그러다가 며칠 후 선화문으로 다시 나와 원로대신과 현직 대신들, 이품 이상의 신하들을 소견했다. 제조 박문수를 비롯한 신하들이 하도 호소를 하자 아버지는 손수 쓴 양위 전교를 촛불에 불살라버렸다.

"자, 경들이 바라는 대로 이제 전교가 사라졌다. 이 종이는 불사르더라도 내 마음은 어찌 불사를 수 있겠는가?"

홍준해의 탄핵 상소로 시골에 내려가 있던 영의정 이종성이 올라와 대궐 문밖에 엎드려 대조의 명을 기다렸다. 아버지가 선화문에 나아가 신하들을 입시하라 명할 때 이종성도 같이 들어오라고 했다. 이종성이 황급히 들어오느라 숙배肅拜하는 것을 잊어버려 아버지에게 혼이 났다. 숙배는 임금에게 절을 올리는 예절을 뜻한다. 이종성은 다시 문밖으로 나갔다가 숙배하고 들어왔다.

아버지는 양위를 거두지 않겠다고 고집을 부리면서도 왜 신하들을 자주 불러 모으는지 의아했다. 양위 하교를 거두어달라고 신하들이 간청하는 소리를 계속 듣고 싶었는지도 모른다.

이종성과 신하들이 여전히 같은 소리로 간하자 아버지는 『시경』詩經의 「육아편」蓼莪篇을 읽기 시작했다. 자식이 부모를 잘 모시지 못한 불효를 후회하는 시편이었다. 신하들의 간언에 아버지는 책 읽기로 대응하려는 것 같았다. 그러다가 밤이 이슥하여 삼경쯤 되었을 때 아버지가 두 손을 모으고 옆에 서 있는 나를 그제야 발견하고는 물었다.

"너는 무엇 하러 나왔느냐?"

그러면서 엉뚱한 제안을 했다.

"내가 「육아」 시를 다 읽을 것인데 네가 눈물을 흘리면 효성이 있는 것이므로 내 마땅히 너를 위해 내렸던 전교를 거두겠다."

아버지가 낭송하는 시를 읽고 내가 눈물을 흘리느냐 마느냐에 따라 나라 운명이 결정될 판이었다. 그동안 하도 엎드려 우느라 눈물이 말라버렸는지도 모른다. 한편으로는 우는 연습을 자주 해왔기에 마음만 먹으면 울 자신도 있었다.

부혜생아 모혜국아

부아축아 장아육아

고아복아 출입복아

욕보지덕 호천망극

아버지가 시를 다 읽지도 않았는데 '욕보지덕 호천망극' 구절에 이르러 눈물이 쏟아지고 말았다.

'부모 은혜를 갚으려 해도 하늘이 무정하구나.'

시를 계속 읽어나가다가 마지막 구절인 '민초불곡 아독불졸'에 이르자 나는 엎드려 통곡하고 말았다.

'못사는 사람은 아무도 없는데 나만 홀로 어이 부모 봉양 못 하나.'

지금 이 뒤주에 갇혀 생각하니 부모가 먼저 세상을 떠나서 내가 봉양을 못 하는 것이 아니라 내가 먼저 세상을 떠나 부모를 봉양하지 못하는 꼴이 되고 말았다.

내가 우는 모습을 보고 아버지가 아무 말이 없자 이종성이 재촉했다.

"소조의 효성이 지극하십니다. 양위 하교를 거두신다는 약조를 지켜주십시오."

그러나 아버지는 도리어 책상을 주먹으로 내리치기까지 하며 입시한 신하들을 모조리 귀양 보내라고 소리쳤다.

다음 날 아버지는 광화문 앞에 이르러 가마를 멈추고 나이 많은 어른들을 불러 모아 하교했다.

"즉위한 지 서른 해가 되었으나 여러분에게 온전한 혜택이

나 온전한 정사를 베풀지 못했는데 또 이제부터 내 백성을 크게 저버리게 되었구나."

그리고 생모 숙빈 최씨 사당인 육상궁을 들러 전배하고 궁문 밖에 이를 즈음, 소매에서 종이 한 장을 꺼내어 도승지 유복명에게 건네며 꿇어앉아 읽으라고 했다. 촛불에 불살랐던 양위 전교를 아버지가 몰래 다시 써온 것이었다.

유복명이 기겁하며 엎드렸다.

아버지가 호위하는 군사들을 둘러보며 말했다.

"내 사실 너희에게 덕을 입힌 일이 없는데 오늘 영원히 작별하게 되었다."

군사들도 눈물을 흘렸다.

아버지가 신하들의 만류를 뿌리치고, 연잉군으로 있을 때 기거했던 잠저인 창의궁으로 들어갔다.

승지가 나에게 달려와 상황을 알려주었다. 내가 허겁지겁 호위군도 없이 작은 가마를 타고 부어교 앞에 이르렀다. 내가 가마에서 내려 창의문 합문에 이르자 아버지가 승전색을 시켜 전언을 내렸다.

"왕세자가 온다는 말을 듣고 지금 막 추운 뜰에 나와 앉아 있다고 전하여라."

나는 안으로 들어가지 않고 합문 밖에서 상소를 올렸다.

"아! 신이 불효하고 무상하여 어젯밤에 성상의 마음을 감동시켜 드리지도 못하고 오늘에 이르렀으니 이는 실로 신의 죄입니다. 감히 만 번 죽음을 무릅쓰고 문밖에 거적자리를 깔고 엎드려 우러러 성상의 마음을 번거롭게 하고 있으니 신은 더욱 죽을죄를 지었습니다. 아무쪼록 성상께서는 승정원에 내린 하교를 거두어주소서."

아버지는 유복명을 시켜 나의 상소를 돌려보내면서 물러가라고 했다.

"찬 데 앉아 있으면 냉기가 올라올 것이니 즉시 들어가라."

나도 고집을 부리며 승전색을 통해 지금 곧바로 문을 밀치고 들어가겠다고 전했다. 문을 밀치고 들어가자 과연 아버지는 청포를 입은 채 창의궁 뜰에 앉아 있었다. 저러다가 얼어죽을지도 모른다는 걱정이 와락 밀려왔다. 양위를 고집하다가 아예 훙서薨逝할지도 몰랐다.

"신도 들어가겠으니 성상께서도 들어가십시오."

나는 할 수 없이 창의궁을 물러나올 수밖에 없었다.

다음 날도 내가 창의궁 합문에서 어제와 비슷한 상소를 올렸다. 이번에도 유복명을 통해 상소를 돌려보냈다. 승전색이 합문으로 나와 아버지의 말을 전했다.

"왕세자가 온다는 말을 듣고 눈 쌓인 뜰에 나가 앉아 있다고 전해라."

사실 그날은 눈이 내리지 않았는데도 아버지는 눈 쌓인 뜰이라고 했다. 엿새 전에 내린 눈이 뜰에 잔설로 남아 있었던 모양이다.

나는 승지 이규채에게 상소 내용을 요약하여 전해달라고 부탁했다.

잠시 후 승전색이 아버지의 답을 전해주었다.

"문밖에 엎드려 있다고 하는데 빨리 들어가지 않는다면 이제 나는 수라도 들지 않고 북한산 행궁으로 들어가 나오지 않을 것이다. 어떻게 하겠느냐?"

결국 이번에도 나는 아버지에게 지고 말았다.

이튿날에는 아버지가 아예 역대 왕들의 어진御眞이 모셔진 진전에 가서 양위를 고하고 왔다.

"이미 대왕대비께 윤허를 받았고 또 진전에 들어가 고하고 나왔다. 대왕대비라면 그래도 다시 말씀드릴 수 있지만 진전에는 어쩐단 말인가. 물은 엎질러졌는데 어찌 다시 돈화문으로 들어갈 뜻이 있겠는가."

『실록』에서 양위의 선례들을 찾아 거행하라고도 했다.

아버지는 진전에 고하고 왔으니 이제 정말 어쩔 수 없다고 했으나 신하들과 나는 양위 전교를 거둘 때까지 죽기를 각오하고 매달리기로 했다.

나는 또 창의궁 합문 앞에 엎드려 일곱 번이나 간청을 올렸다. 아버지는 지난번과 똑같은 말을 전해왔다.

"동궁이 나왔다는 말을 듣고 지금 차가운 뜰에 앉아 있는데 동궁이 돌아간다는 말을 들은 후에야 전으로 올라가겠다고 전해라."

그리고 손수 답을 쓴 봉서를 내리면서 보고 난 뒤에 가지고 가라고 했다. 나는 그 글을 봉해서 도로 올려드렸다. 여러 번 봉서가 오르락내리락하는 중에 정오가 지나자 하늘에서 눈이 내리기 시작했다.

이제야 아버지는 정말 눈 쌓인 뜰에 앉아 있게 되었다. 엎드린 나의 등으로도 눈이 쌓여갔다. 얼마 후 주변 신하들을 둘러보니 그들도 눈에 덮여 형체가 보이지 않을 지경이었다. 다만 신하들이 머리를 하도 바닥에 짓찧어 이마에서 흐르는 붉은 피가 하얀 눈에 스며들고 있었다. 내 이마에서도 연신 피가 흘러내려 눈을 물들였다. 이쯤 되면 아버지도 창의궁 뜰에서 눈사람이 되어가고 있을 것이었다.

아버지는 나보고 냉기가 올라오는 찬 곳에 왜 앉아 있느냐고 나무랐는데 등에까지 냉기가 느껴지니 온몸이 얼어가는 것 같았다. 이러다가는 아버지도 죽고 나도 죽고 신하들도 죽을 판이었다.

얼마 전까지만 해도 나는 홍역으로 죽다가 살아났다. 아버지는 내가 찬 곳에 계속 앉아 있다가는 또 홍역 같은 역병에 걸릴지 몰라 염려한 것일까. 아무튼 이 싸움은 빨리 끝내야 한다.

아버지가 양위 시위를 벌인 지 열흘하고도 사흘이 지났다. 창의궁으로 들어가 환궁하지 않은 날도 사흘이 되었다.

이제는 전국 각지에서 상소가 올라왔다.

그 무렵 이 년 전 호구조사 기록에 의하면, 한성 오부五部 가옥 수가 삼만 사천구백오십삼 호戶이고 인구는 십칠만 사천이백삼 명이었다. 한성 남자 인구는 팔만 이천사백사십일 명이고 여자 인구는 구만 일천칠백육십이 명이었다.

전국의 가옥 수는 일백칠십삼만 칠천칠백구십육 호이고 인구는 칠백십일만 사천오백삼십삼 명이었다. 전국 남자 인구는 삼백오십만 일천사백이십사 명이고 여자 인구는 삼백육십일만 삼천일 명이었다.

전국 각 고을을 대표하는 각종 벼슬아치들뿐만 아니라 시민市民들도 상소를 올렸다. 시민은 원래 시장에서 장사하는 사람을 가리키는 말이었다.

상점 종류가 전국에 그렇게 많은지 처음 알았다. 입전, 미전, 하미전, 잡곡전, 은전, 백목전, 면주전, 청포전, 저포전, 포전, 진사전, 의전, 지전, 상전, 바리전, 염상전, 화피전, 외어물전, 생선전, 내어물전, 혜전 시민들이 상소를 올렸고 심지어 유배된 죄인 김약로 등도 상소를 올렸다.

그러나 아버지는 그 누구의 상소도 거들떠보지 않았다.

"어제 이미 하교했다."

그 말만 되풀이할 뿐이었다.

영부사 김재로가 대신들과 함께 대왕대비전으로 달려갔다.

합문 밖에서 상소를 올리면서 애가 타고 몸이 떨리고 마음이 마구 흔들려 죽음을 무릅쓰고 와서 호소한다고 아뢰었다. 해가 진 뒤에야 승전색이 대왕대비가 언문으로 쓴 하교를 가지고 와서 전달했다.

김재로와 대신들이 창의궁으로 급히 돌아와 대왕대비의 하교를 올린다고 아뢰었다. 여기에도 반응이 없으면 난감할 수밖에 없었다. 그러나 천만다행으로 응답이 내려졌다.

"동조東朝에서 비답한 것을 들여오라."

대왕대비전을 동쪽에 있다 하여 동조라고도 불렀다.

어떤 답변이 내려질지 신하들과 나는 자못 긴장하며 기다렸다. 촌각이 한 경更처럼 길게 느껴졌다.

얼마나 지났을까. 아버지가 창의궁 안에서 나와 신하들을 인견引見했다.

"내가 여러 신하에게 '대왕대비께 허락을 받아 양위한다'고 말했는데 지금 대왕대비의 하교에는 그때에 허락했다는 뜻이 없다. 대왕대비께서 미리 허락하지 않는다고 했으면 마땅히 궁으로 돌아갔을 터이다. 지금 대왕대비의 하교를 거짓으로 고친 자가 있다. 그 사람이 누구인지 영부사는 나를 위해 밝히도록 하라."

김재로가 다시 대왕대비전으로 가 합문 밖에서 아뢰었다. 왜 언서 하교에 허락의 뜻은 없고 '그날 주상이 와서 말할 때에 듣기만 했다'는 구절만 있는지 물었다. 그러자 승전색을 통해 비답이 내려왔다.

"주상이 거둥했을 때에 얼마나 간절히 요청하는지 기운이 손상할까 염려하여 차마 만류하지 못했다. 그날 주상이 현기증이 특히 심했고 나 역시 현기증이 있고 가래가 많이 끓어 걱정하며 말을 주고받는 사이에 허락을 한 것처럼 되어버렸다. 지금에야 그때 사정이 생각난다. 오늘날 소망을 둘 수 있는 사람은 주상밖에 없는데 환궁하지 않고 있다니 답답하구나. 내가 창의궁으로 가보아야겠다. 주상이 거둥했을 때에 나의 침식을 염려해주었는데 나도 어찌 주상의 침식을 염려하지 않겠는가. 창의궁에서 사흘이나 머물며 환궁하지 않으면서 수라도 들고 있지 않고 있으니 내 어찌 그대로 둘 수 있겠나. 세자도 홍역을 치른 지 얼마 되지 않아 침식을 전폐하고 계속 찬 곳에 엎드려 있으니 민망하기 그지없다."

김재로가 새로 고친 대왕대비의 비답을 가지고 왔다. 아버지가 우산이나 의자도 없이 눈 속에 그대로 서 있다가 대왕대비의 비답을 받아보고는 신하와 관원들에게 명했다.

"환궁을 예비하라. 보련寶輦을 타고 궁으로 돌아가겠다."

드디어 근 보름 동안의 양위 소동이 마무리되었다.

내가 다섯 살 때부터 이십여 년 이상을 이런 변덕스런 양위 소동에 시달렸으니 제정신을 가지고 살 수 있겠는가.

아버지는 정말 양위하려는 마음보다는 자신은 임금 자리에 연연해하지 않는다는 사실을 과시함으로써, 선왕에게서 임금 자리를 빼앗았다는 그 치명적인 소문을 무마하려는 의도도 있었던 것이 아닐까. 그래도 그렇지 한두 번도 아니고, 여덟, 아홉 차례나.

나는 여전히 대명하듯이 석고대죄하듯이 뒤주 안에 엎드려 있다. 통증이 심하던 다리에 피가 통하지 않는지 아예 다리가 없어진 것만 같다. 아니 근육이 단단히 뭉쳤다가 풀리기 시작한다.

"아앗."

이전 통증보다 열 배나 더한 통증이 몰려온다.

남편이 양위 소동 기간에 궁문 밖이나 뜰에 엎드려 이마를 바닥에 짓찧으며 간청하는 모습을 몰래 훔쳐보면서 나도 얼마나 많은 눈물을 흘렸는지 모른다. 그 기간에는 남편의 이마에 피가 마를 날이 없었다. 조선 조정의 신하들은 이마에 흉터가 떠날 날이 없는 자들이다.

부친은 자신의 이마도 피투성이면서 남편 이마를 더욱 염려하여 안쓰러워하며 어루만져주었다.

남편이 대조의 양위 하교에 대응하는 기간에는 오히려 정상으로 보였다. 하지만 양위 소동이 마무리되고 나서 정신이 흐트러지기 시작했다. 대리청정의 압박이 남편의 정신을 더욱 망가뜨려갔다. 소론들이 대리청정하는 남편을 이용하여 세력을 회복하려 했고 대조는 당파색을 드러내는 것을 몹시 꺼려했다.

대조는 영의정에 소론을 임명하면 좌의정에는 노론을 임명하는 식으로 탕평책을 밀고 나가려고 애썼다. 하지만 노론 세력의 후원으로 즉위한 셈이어서 늘 노론에 빚진 심정을 안고 살았다. 대조의 그런 면을 이용하여 노론이 득세하려고 하면 대조는 소론으로 기울고, 소론이 득세하려고 시도하면 노론으로 기울어 균형을 잡아나가려 했다.

그러나 대조의 탕평책이 또 다른 분파를 만들었다. 탕평책을 옹호하는 파와 탕평책을 비난하는 파로 나뉘게 된 것이다.

대조는 자신의 탕평책이 성공을 거두고 있다고 자부했지만 영성군 박문수는 대조의 자부심에 시비를 걸기도 했다.

"전하께서 비록 '이미 탕평을 이루었다'고 하시나 노론의 영수인 민진원과 소론의 영수인 이광좌로 하여금 서로 머리를 맞대고 합력하도록 하지 못하시니 이는 가탕평假蕩平에 지나지 않습니다."

대조는 노론의 후원으로 즉위했으면서도 노론과는 거리가 있다는 것을 내보이기 위해 백일이 막 지난 세자를 소론의 본거지인 저승전으로 보내 유모와 내인들의 품에서 자라나게 했다.

저승전은 경종대왕이 세자로 있을 때 기거했고 경종대왕의 계비 어대비가 말년에 살던 처소이기도 했다. 세자가 저승전으로 갔을 때는 오 년 전에 어대비가 별세하여 비어 있었다.

어대비를 섬겼던 내인들은 이미 다 내보냈는데 대조께서 다시 불러들여 세자를 보살피게 했다. 경종대왕과 어대비, 내인들은 소론이라 남편은 어릴 적부터 소론에 물들면서 자랐다.

소론이니 노론이니 하지만 왜 그들이 분파를 만들어 갈라져 있는지 자신들도 알지 못하는 듯했다. 처음에는 어떤 역사적인 계기가 있었겠지만 이제는 그것도 희미해져, 그저 태생이 소론이기 때문에 소론이고 노론이기 때문에 노론이라는 식이었다.

그들은 자기 당파에서 억울하게 죽은 사람들을 신원伸冤하는 일이 가장 중요한 목적인 듯했다. 경종대왕 때 소론에게 처형당한 소위 노론 사대신四大臣, 김창집·이이명·이건명·조태채를 복원해달라고 끊임없이 상소했다. 신축년과 임인년에 그 화변이 일어났다고 하여 '신임사화'辛壬士禍 또는 '신임옥사'辛壬獄事라고 한다.

사실 그 사건도 대조와 깊은 관련이 있었다. 대조가 왕세제로 있을 때 노론 사대신이 경종대왕의 병약을 빌미로 왕세제 대리청정을 주장하다가 소론의 거센 반발을 받고 처형된 것이었다.

대조는 자기 때문에 죽은 노론 사대신을 신원해주지 않을 수 없었다. 그러자 이번에는 노론 사대신을 처형하는 일에 앞장선 소론 오대신五大臣, 다섯 명을 처형해달라고 상소하기 시작했다.

노론이 득세하면 소론의 옛일들을 들추어내어 소론을 죽이라 하고 소론이 득세하면 노론의 옛일을 들추어내어 노론을 죽이라 했다. 노론이 이기는가 싶으면 소론이 들고일어나고 소론이 이기는가 싶으면 노론이 들고일어났다. 엎치락뒤치락 옛일들을 가지고 끝도 없이 싸웠다. 그리고 같은 당파 안에서도 준론峻論이니 완론緩論이니 벽파僻派니 시파時派니 하면서 강경파와 온건파로 나뉘어 대립하기 일쑤였다.

나라를 좀먹는 이런 병폐를 극복하기 위해 대조는 탕평책을 강력하게 내세웠지만 박문수 같은 신하들에게 '가탕평'이라는 비난을 받기도 했다.

부친은 소위 노론에 속하는 편이었지만 대조의 탕평책을 지지하며 따르려고 노력했다. 남편도 대조의 엄명을 따라 평소에도 소론이니 노론이니 하는 말을 거의 쓰지 않았다. 특히 '신임사화' 같은 예민한 정치적 사건에 대해 자신의 견해를 밝히기를 몹시 꺼렸다.

남편의 뒤주형은 소론 노론의 갈등에서 연유된 면도 있지만 아무래도 남편 자신의 행위에서 비롯된 면이 많았다. 남편이 살해한 사람 수만 해도 내관과 내인을 비롯하여 맹인 점쟁이, 의관, 역관, 궁궐 잡무를 맡은 액정서 관료들, 당번내관 김한채, 내수사內需司 차지 서경달 등 백여 명은 족히 되었다.

이런 일들을 알고 남편의 생모인 선희궁께서 아들을 책망해보기도 했지만 소용이 없었다. 병세가 심해지면 남편은 어머니도 알아보지 못하고 심지어는 칼을 빼어 찌르려고도 했다.

선희궁께서 눈물을 흘리며 나에게 말했다.

"사백 년 종사를 지키려면 어쩌겠느냐. 차라리 세자의 몸이 없는 것이 낫겠다. 삼종혈맥이 세손에게 있으니 나라를 보존하려면 이 길밖에 없다."

대조께서 경희궁의 경현당景賢堂 관광청으로 나와 있는 동안, 선희궁은 애간장이 녹는 심정으로 손수 자신의 아들을 처분해달라고 상소를 올렸다.

"세자가 내관, 내인, 하인 들을 죽인 것이 백여 명이나 됩니다. 불로 지지는 낙형을 가하는 등 잔혹하기가 이루 말할 수 없었습니다. 그 형구들은 모두 내수사에 있던 것들로 수도 없이 가져다 썼습니다. 오래 근무한 내관들을 내쫓고 어린 내관이나 별감들과 밤낮으로 함께 지내면서 재화들을 마구 쓰고 그놈들에게 나눠주기도 했습니다. 기생, 비구니 들과 주야로 음란한 짓을 벌였습니다. 제 하인들까지 불러 가두기도 했습니다. 요즘 나쁜 짓들을 그럴듯하게 꾸미는 일이 더욱 심해지고 있습니다. 이런 일들을 알려드리고자 했으나 모자지정으로 차마 아뢰지 못했습니다. 근래에는 후원에 무덤을 만들어 놓고 감히 입에 담기 힘든 것들을 묻으려고 했습니다. 하인들에게 머리를 풀게 하고 예리한 칼을 곁에 두고서 흉측한 일을 벌이려 했습니다. 지난번 창덕궁에 갔을 때 몇 번이나 저를 죽이려 했으나 간신히 화를 면했습니다. 비록 제 몸은 돌보지 않더라도 우러러 옥체를 생각하면 어찌 이 사실을 아뢰지 않을 수 있겠습니까."

이어서 이런 말도 덧붙였다.

"세자의 병이 점점 깊어 바랄 것이 없습니다. 소인이 차마 어미된 정리로 못 할 말이지만 옥체를 보호하고 세손을 건져

종사를 평안히 하는 일이 옳으니 대처분을 하소서. 부자지정
으로 차마 이리 하시오나 병으로 인함이니 병을 어찌 책망하
겠습니까. 처분은 하시되 은혜를 베푸셔서 세손 모자를 평안
하게 해주소서."

이런 상소를 올리고 선희궁은 양덕당으로 물러나 식음을
전폐하고 드러누웠다. 가슴을 치며 숨이 끊어질 듯이 괴로워
했다.

선희궁이 다녀가고 나서 대조는 즉시 창덕궁 거둥령을 내
렸다. 대조가 창덕궁으로 거둥할 때 만안문을 지나면 좋은 일
로 오는 것이고 경화문을 지나면 나쁜 일로 오는 것인데 그날
역시 경화문으로 들어왔다.

남편도 무슨 예감이 들었는지 아침에 나에게 봉서를 보내
왔다.

"어젯밤 소문이 더욱 무서우니 일이 이렇게 된 후는 내가
죽어 모르거나, 살면 종사를 붙들어야 옳고 세손을 구하는 일
이 옳소. 내가 살아서 빈궁을 다시 보게 될지 모르겠소."

바로 전날 남편과 내가 통명전에 있는데 갑자기 대들보에
서 부러지는 듯한 소리가 크게 났다.

우지끈, 떠어어억.

천장이 무너져 내리는가 싶어 몸을 다른 방으로 피할 정도였다. 그때 남편이 담담한 표정으로 혼잣말을 했다.

"내가 죽으려나 보다. 이 어인 일인고."

대조의 거둥령을 전해들은 남편은 후원으로 가서 활과 화살, 칼, 창 같은 군기붙이와 말을 감추었다. 그 무렵 남편은 후원 땅을 깊이 파고 그 구덩이에 세 칸 집 같은 것을 짓고 사이사이 장지문들까지 달아 기거할 수도 있게 해놓았다. 널판을 뚜껑처럼 덮어 출입문으로 삼았다. 널판을 덮으면 캄캄해지니 옥등을 달아 불을 밝히기도 했다. 내가 볼 때는 집이 아니라 무덤구덩이 같았다.

구덩이 집을 짓기 전에도 침소를 빈소처럼 꾸미고 다홍색 비단으로 명정 비슷한 것을 만들어 세워놓곤 했다. 염을 한 시체를 안치하는 영침 같은 것을 짜와서 그 속에 들어가 잠을 자기 일쑤였다. 관 속에 들어가 자는 연습을 함으로써 자신의 죽음을 예비했는지도 모른다. 나는 섬뜩하고 소름이 끼쳐 남편의 침소 가까이 가기조차 꺼려졌다.

남편이 후원을 다녀오고 나서 사면에 휘장을 친 교자轎子

를 타고 경춘전 뒤로 가면서 나에게 덕성합으로 오라고 했다. 그때가 정오경이었는데 홀연히 까치 떼가 경춘전을 에워싸고 어지럽게 까만 날개를 퍼덕이며 울었다.

까악 까아악 깍 깍.

불길한 예감이 와락 밀려들었다. 나는 환경전에 있는 세손이 걱정되어 그리로 내려가 당부했다.

"밖에 무슨 일이 있어도 놀라지 말고 마음을 단단히 먹으라."

내가 덕성합으로 가보니 남편이 고개를 푹 숙이고 벽에 기대어 앉아 있었다. 탈진한 듯 핏기 하나 없는 안색이었다. 화증이 일어 우락부락 낯을 붉히고 있을 줄 알고 자칫하면 칼에 맞아 죽을지도 모른다 생각했는데 의외의 모습에 가슴이 저미는 듯했다.

남편이 힘없는 목소리로 말했다.

"아마도… 괴이한 느낌이 드네. 빈궁은 족히 살게 될 걸세. 그 뜻들이 무서워."

'그 뜻들'이 정확하게 무얼 의미하는지는 모르지만 남편은 이미 대조께서 세손에게 보위를 계승하려는 뜻을 세웠다는 것을 감지했을 것이었다. 그러기 위해서는 자기가 죽어야 한다는 사실도.

나는 무슨 말을 해야 할지 몰라 그저 눈물만 흘리면서 두 손을 비비며 앉아 있었다. 이때 대조께서 휘령전에서 남편을 부른다는 전교가 내려왔다.

남편은 피하자거나 달아나자는 말도 하지 않고 전혀 화난 기색 없이 용포를 가지고 오게 하여 이번에는 금방 입었다.

"내가 학질을 앓는다고 말씀드리려 하니 세손의 휘항揮項을 가져오라."

휘항은 추위를 막기 위해 머리에 쓰는 길쭉한 방한구로 가죽을 안에 대어 검은 공단으로 만들었다. 열한 살밖에 되지 않은 세손의 휘항은 남편에게 작은 편이었다.

세손의 휘항을 가지고 오라는 남편의 숨은 뜻을 헤아리지 못하고 내가 얼른 옆에 있는 내인에게 말했다.

"소조의 휘항을 가져오라."

그러자 남편이 전혀 뜻밖의 말을 했다.

"빈궁은 아무래도 무섭고 흉한 사람일세. 빈궁은 세손을 데리고 오래 살려 하네. 내가 오늘 나가서 죽게 되었으니 꺼리어 세손의 휘항을 쓰지 못하게 하는 심술을 알겠소."

아, 심술이라니. 오늘 누가 살고 누가 죽는 게 문제가 아니고 모두 죽게 생겼는데 이런 말씀을 하다니.

나는 하도 기가 차고 서러워 다시 세손의 휘항을 가져오도록 했다.

"방금 하신 말씀은 마음에도 없는 말이니 세손의 휘항을 쓰소서."

"싫소! 꺼려하는 것을 써서 무엇 할꼬."

남편이 휘령전으로 가자 대조의 노한 목소리가 들려왔다. 덕성합이 휘령전에서 멀지 않아 담 밑으로 사람을 보내어 살펴보게 했다.

"벌써 소조께서 용포를 벗고 엎드려 있습니다."

남편이 뒤주에 갇히기 열닷새 전에 부친이 경춘전에 들러 나를 조용히 불러내더니 낮은 목소리로 말했다.

"소조는 어디 계십니까?"

"아마 후원에 가 계실 겁니다."

"큰일났습니다. 소조를 사칭하고 다니는 자가 있답니다. 용모와 풍채가 소조랑 닮았는지 사람들이 속아 넘어간답니다. 패를 지어 온갖 나쁜 짓을 저지르고 다닌답니다."

"어떻게 그런 일이? 그놈들을 잡았답니까?"

"안암동에서 잡아서 문초하고 있습니다. 며칠 후면 복주伏 誅될 것입니다."

복주라면 엎드린 채 목 베임을 당하는 참형이 아닌가.

"사칭했다고 복주형까지?"

"부녀자까지 강간해서 그 죄가 흉측합니다."

그 범인들은 박지성과 김인단, 김인서 등이었다. 처음에 박 지성이 세자를 사칭하기 시작했다. 박지성이 가마를 타고 길 을 지나가면 그 일당이 "세자마마가 지나가시니 얼른 비켜 라!" 소리치며 벽제辟除를 했다. 그 소리에 정말 세자가 지나 가는 줄 알고 사람들이 좁은 골목으로 몸을 피했다.

박지성은 밤중에 기방을 드나들면서 술값도 내지 않고 행 패를 부리며 세자 행세를 했다. 세자의 행실을 소문으로만 듣 고 있던 사람들은 그 소문대로 박지성이 못된 짓을 하자 그냥 속아 넘어갔다.

하루는 안암동 절에서 탈들을 쓰고 산대극을 한다고 간이 무대인 산붕山棚을 차렸다. 사람들이 구경하러 모이는 중에 박지성 일당도 절간으로 향했다. 길을 가다가 민가를 지나게 되었는데 사립문으로 들여다보니 여자 혼자 마루에 앉아 저고리를 풀고 부채질을 하고 있었다. 여간 더운 날씨가 아니었다.

박지성을 비롯한 세 장정이 물 한 잔 얻어 마시자며 수작을 걸더니 그 여자를 방으로 끌고 들어가 차례대로 강간해버렸다. 순식간에 일을 해치우고 세 사람은 안국동 절간으로 계속 올라갔다.

여자는 분하고 억울하여 한동안 넋을 놓고 있다가 찢어진 치마를 부여안고 형조刑曹로 달려가 당한 일을 고했다. 참판 이이장이 부하들을 이끌고 세 사람의 발자국을 따라 추적하기 시작했다. 세 사람은 절간에서 무리에 섞여 산대극을 구경하고 있다가 나졸들이 들이닥치자 부리나케 금산 채석장 쪽으로 달아났다. 나졸들에게 붙잡힌 박지성은 또 세자 행세를 하며 빠져나가려고 했지만 세자 얼굴을 아는 이이장을 속일 수 없었다. 세자가 민가로 나가 부녀자들을 겁탈한다는 소문은 박지성 일당 때문에 난 것인지도 모른다.

세자를 사칭하는 자들이 처형되었다는 소식을 들었을 때 남편도 그들과 같은 운명을 맞이할 거라는 불길한 예감이 몰려왔다.

그러고 보니 세상에는 별의별 일이 다 일어난다. 가장 기이한 것이 남편이 뒤주에 들어간 일이다. 소설 속에서나 상상할 수 있는 일이 현실에서 그대로, 그 이상으로 일어난다.

내가 그 무렵 읽고 있던 『숙향전』淑香傳에서는 선계에서 죄를 짓고 인간세계로 내려와 고난을 받는다든지, 고비 때마다 선계의 선인들이 나타나 돕는다든지, 천정연분을 얻기 위해 명사계, 요지, 용궁, 봉래산, 천태산 등 선계 여행을 한다든지 현실을 초월하는 이야기들이 전개된다. 이와 같이 소설 속에서는 마음껏 상상의 나래를 펼칠 수 있다.

한편 『숙향전』의 남자 주인공 이름이 이선으로 남편의 이름과 언문으로는 같다. 남편이 탄생한 이후에 소설이 쓰여졌다면 아무리 한자가 다르다 해도 이선이라는 이름을 주인공으로 삼지는 않았을 것이다. 그 소설을 읽는 동안 이선을 만나기까지 고난을 당하는 숙향이 바로 나 자신인 것만 같았다.

"숙향이 길을 오락가락하며 통곡하여 부모 간 곳을 찾으나 어디 가 만나리요. 울고 다니니 피난 가는 사람들이 보고 다 불쌍히 여겨 눈물 아니 흘리는 자가 없더라. 이래저래 날이 저물고 밤이 깊어 찬바람이 일어나니 발이 시려 두 손으로 발을 쥐고 엎드려 어미를 부르며 슬피 통곡하니 하늘로서 청학 한 쌍이 날아와 한 날개로는 덮어주고 한 날개로는 깔아주고 대추를 입에 물어다가 숙향의 입에 넣으니 춥지도 않고 배부르더라."

이런 대목을 읽으며 함께 울지 않을 수 없었다.

『숙향전』은 남녀 간의 애틋한 사랑이 담긴 언문소설로 특히 여자들 사이에 인기가 많았다. 장소를 옮겨가며 사람들에게 책을 들려주는 전기수傳奇叟가 제일 많이 낭독하는 소설도 『숙향전』이었다. 전기수는 책을 읽어 나가다가 재미있는 대목에 이르러서는 문득 읽기를 멈추어 사람들의 애를 태웠다. 사람들이 동전을 던져주면 그제야 이어서 읽어나갔다. 이런 수법을 요전법邀錢法이라고 했다.

『계축일기』와 『인현왕후전』은 광해군, 숙종대왕 시절의 이야기로 소설 같기도 하고 역사서 같기도 했다. 궁궐이 온갖 음모와 간계가 도모되는 거소居所라는 사실을 그 책들을 읽으며 더욱 절실히 느낄 수 있었다. 여자들이 쓴 그런 책들을 읽으면서 내가 겪은 일들도 이렇게 쓰면 되겠구나 싶었다.

남편이 뒤주에 갇히자 대조는 세자와 함께 놀아난 내관 박필주와 여승 가선, 서읍의 기녀 다섯 명을 참형하라 명했다.

가선은 안암동 비구니였는데 남편이 머리를 기르게 하고 궁으로 데리고 온 여자였다. 남편의 비위를 맞추어준 죄밖에 없는데 처형되고 말았다.

대조는 남편의 어지러운 생활과 관련된 자들을 마치 나주 벽서나 토역정시 사건에 관련된 자들을 처형하듯이 참형해 버렸다. 신문도 제대로 하지 않고 초복, 재복, 삼복 재판 과정도 거치지 않았다.

어떤 모양으로든지 남편과 한 번이라도 어울렸던 사람들은 숨을 죽이고 떨고 있어야 했다. 남편과 관련된 사람들을 역모 혐의로 처형하지 않은 것으로 보아 남편을 역모의 주동자로는 여기지 않았던 모양이다. 다만 남편을 뒤주 안에 넣어 죽이는 구실로 잠시 역모가 일어난 것처럼 연기를 했을 수도 있다. 역모 사건으로 몰고 갔다면 대대적인 친국과 국문鞫問이 있었을 것이고, 나주벽서나 토역정시 사건 못지않은 옥사가 일어 나고 말았을 것이다.

대조는 남편이 평소에 즐겨 사용하던 군기붙이와 유희 물 건들을 다 내놓으라고 했다. 후원 구덩이 집에 숨겨둔 것들 도 찾아내어 한군데에 쌓아놓았다. 거기에 장례를 치를 때 쓰 는 지팡이 상장喪杖이 여러 개 있었다. 상장은 아버지 상일 때 는 대막대기를 사용하고 어머니 상일 때는 머귀나무 막대기 를 사용하는데 구덩이 집에서 나온 상장들은 모두 대막대기 였다.

"상장이 한두 개면 되지 왜 이리 많지?"

대조가 직접 상장들을 들어 살펴보았다.

"이거 상장이 아니고 환도環刀구면. 칼집을 지팡이처럼 만 들어 환도를 집어넣었어. 환도 손잡이도 상장 머리처럼 만들 고. 초상집에 들고 가서 사람을 죽이려 했나. 나를 몰래 죽이 려 했나. 괴이한 물건이로고."

"이건 또 뭐야? 춘화첩이구면. 사서삼경을 공부하는 소조 가 이런 음탕한 그림들을 보다니. 으음."

대조가 머리를 흔들며 혀를 찼다. 대조가 남자 그것 모양을 상아로 만들어 끝에 은을 두른 물건을 보고는 기겁했다. 신하들이 눈을 돌렸다.

"이 은방울들은 뭔가?"

대조가 바닥에 나뒹굴고 있는 작은 은방울 두 개를 가리켰다. 남편이 『금병매』를 읽으며 주인공 서문경이 수집했다는 물건들을 자기도 모은다면서 어렵게 구한 것들이었다. 신하들이 대답을 머뭇거리고 있는데 역관으로 청나라를 다녀온 적이 있는 당하관이 조심스럽게 아뢰었다.

"면령이라고 하는 것인데 방울 안에 더 작은 방울이 들어 있어 화로에 얹거나 흔들면 소리가 납니다."

"어디에 쓰는 물건인가 말이다."

"그건 좀…"

당하관이 차마 답을 하지 못했다.

"저 한지에 싸인 환들은 뭐냐?"

당하관이 다가가 냄새를 맡아 보더니 아뢰었다.

"향다목서환으로 향내 나는 무소의 뿔로 만든다고 합니다. 남자들에게…"

이번에도 당하관이 말을 잇지 못했다.

"괴이하고 괴이하다. 이러고도 나라가 망하지 않겠는가!"

대조가 그 모든 물건을 선인문 밖으로 가져가서 불태우라고 명했다. 선인문 밖은 그야말로 궁궐 바깥이었다.

조정에서는 남편이 뒤주에 들어가던 날 한림 윤숙이 대조를 말리지 못하는 대신들을 꾸짖고 너무 크게 울부짖어 관리로서의 체통을 잃었다면서 윤숙 처벌에 대한 논의들을 했다. 대조는 진노하여 큰 벌을 내리려 했으나 부친이 지나치다고 간하여 해남 유배로 그쳤다. 물러가라는 대조의 명을 거역했던 임덕제는 강진으로 유배되었다.

부친은 남편의 별세 소식이 들리기 전부터 남편 장례 절차에 대해 염려했다. 폐서인된 채로 장례를 치르게 될 것인지, 복위된 후에 국상으로 치르게 될 것인지.

나는 남편 별세 소식이 언제 당도할지 몰라 하루하루 간이 떨리는 시간들을 보냈다. 나도 뒤주 안에 들어 있는 듯 식음을 전폐하고 잠도 자지 않았다. 남편이 뒤주에서 죽는 날, 바로 그날 나도 자진自盡하여 죽었으면 했다. 하지만 세손을 보면 구차한 목숨이나마 이어가야 하지 않나 싶기도 했다. 부친은 나에게 다만 세손만 생각하라고 당부하고 또 당부했다. 세손이 가례를 치른 지 넉 달이 겨우 지났는데 이런 망극한 일이 벌어지다니.

이월 이일 가례일에 대조께서 세손을 경희궁으로 데리고 오라고 전교했다. 세손이 일찍이 먼저 가고 남편과 나도 곧 따라 올라가 가례 전까지 숭현문 밖에서 쉬었다. 나는 남편의 표정을 간간이 살피며 오늘 가례를 다 치르기까지 남편의 정신이 흐트러지지 않기를 속으로 빌었다.

경현당에서 초례醮禮가 치러졌다. 초계라고도 하는 초례에서는 부모가 신랑 신부에게 훈계한다. 그때 대조는 북쪽에 앉아 남면하지 않고 동쪽에 앉아 서면했다. 남편은 남쪽에 앉아 북면하며 부복했다. 세손이 북쪽에 앉아 남면했다. 세손 가례가 있기 사흘 전에 대조가 사현합에서 대신들에게 가례 자리 배치에 관해 지시를 내린 적이 있었다.

"임금이 법전에 있을 때는 모두 남면을 하지만 초계 때에는 전에서 동쪽에 앉아 서쪽을 향하였으니 이는 종사를 소중히 여겨서이다. 내가 세손 가례일인 초이일에는 마땅히 동쪽에 앉아 서쪽을 향할 것이니 이렇게 예조에게 분부하라."

초계는 남편이 하지 않고 대조께서 친히 하고 하유하는 글을 내렸다.

"네가 이미 관을 세 번 쓰는 관례를 행했고, 또 이제 초례를 행했으니, 사백 년에 가까운 나라가 장차 의탁할 곳이 있게 되었다. 이는 참으로 삼백 년 만에 처음 있는 일이어서 추모하고 기쁜 마음이 가슴속에 간절하게 교차된다. 나이는 어리나 예로는 성인이 되었으니 이후부터는 더욱 강학講學에 부지런하고 본심을 잃지 아니하여, 우리 종묘를 계승하고 선조의 업을 계술繼述하라."

그다음 세손이 나무 기러기를 안고 가서 별궁에서 대기하고 있는 세손빈을 데려오는 친영이 이어졌다.

"가서 너의 배필을 맞이하여 우리 종사를 계승하고 엄격함으로써 궁인을 거느리어라."

세손의 의젓한 걸음걸이에 남편도 흐뭇한 표정을 지었다. 아버지, 아들, 손자 삼대가 오랜만에 한자리에 모여 있게 되어 감회가 새로웠다.

정식 가례인 대례는 궁궐 안쪽 광명전光明殿에서 치러졌다. 세손과 세손빈이 서로 절하고 술과 찬을 나누는 동뢰례同牢禮까지 마무리되었다. 모든 절차에 남편이 흐트러짐 없이 임하여 안도하는 마음이 들었다. 남편은 이십여 일 전에 목병이 심하게 들어 가례에 참석할 수 있을지 염려했는데 천만다행으로 침을 맞고 회복되어 가례에 임할 수 있었다. 대례가 끝난 후 남편은 집희당에서 머물고 세손과 세손빈은 광명전에서 밤을 지냈다.

이튿날 광명전에서 세손빈의 조현朝見을 받을 때 대조와 중전은 북벽 교의에 앉고 동궁은 동편에, 나는 서편에 앉았다. 세손빈이 열 살로 어리고 대례복 때문에 걸음을 잘 걷지 못하여 지체되었다. 세손빈은 무겁고 긴 붉은색 적의를 입고 머리에는 수십 개의 다래를 얹고 떨잠 여덟 개, 비녀 아홉 개 등 수많은 장식을 하고 있었다.

조현을 기다리는 동안 남편과 대조 사이에 어색한 침묵이 흘렀다. 축일에 서로 친밀한 표정으로 담소하면 좋으련만. 대조는 남편의 기행을 여전히 탐탁지 않게 여기고 있었고 남편 역시 대조에 대해 불만이 많았다.

삼 년 전 유월에 대조는 중전을 여읜 지 이 년이 지나자 예순여섯 나이에 열다섯 살인 유학 김한구의 딸과 혼례를 치렀다. 며칠에 걸쳐 명정전明政殿에서 납채納采, 납징納徵, 고기告

期, 책봉을 마무리한 후 어의궁於義宮에서 친영례와 동뢰례를 거행했다.

남편은 후궁들도 많은 대조가 오십한 살이나 어린 처녀를 계비로 삼는 것을 보고 아무래도 노망이 든 것 같다고 투덜거렸다. 자기보다 열 살이나 어린 중전을 어머니 모시듯 해야 하니 속이 상할 만도 했다.

그럴 가능성이 희박하지만 만에 하나 중전이 아들이라도 배어 해산하면 남편과 세손의 지위도 위태로울 수 있었다. 대조의 후궁 숙의 문씨가 임신했을 때도 문씨가 만약 딸을 해산하면 어디서 아들을 몰래 가지고 와서 자기가 낳았다고 할 거라는 소문이 퍼지기도 했다. 그런 소문이 먼저 나서 감히 시도하지 못했는지 문씨는 건극당 아래 고서헌에서 첫째 딸을 낳고 이듬해에 또 딸을 낳았다.

광명전 조현에 세손빈이 늦는 바람에 내가 나가서 재촉하여 들게 했다. 밤과 대추가 담긴 조율반은 대조에게 드리고 육포가 담긴 하수반은 중전에게 드리게 했다. 조현이 무사히 치러져 안도의 한숨을 쉬었다.

남편은 좀 일찍 동궁으로 내려가고 나도 뒤따라갔다. 삼 일

후 세손과 세손빈도 내려왔는데 남편은 세손빈을 데리고 다니며 휘령전에 배알하기도 하고 궁궐 여기저기를 구경시켜주기도 했다. 그 무렵은 며느리를 자못 사랑하는 자상한 시아버지로만 보였다.

제4일

뒤주를 누가 또 흔든다. 나도 모르게 신음소리를 내고 만다. 신음소리가 보초 군사들에게는 내가 살아 있다는 신호가된다.

내가 어릴 적부터 먹었던 음식들이 하나하나 떠오른다. 초조반상, 수라상, 낮것상에 올라온 흰 쌀밥과 팥밥, 잣죽, 타락죽, 흑임자죽, 차조미음, 삼합미음, 나박김치, 동치미, 국수장국, 육포, 자반, 북어보푸라기 들이 바로 눈앞에서 어른거린다. 가례와 책봉례, 입학례 같은 축일에 잔칫상에 올라오는 음식들도 세세하게 기억난다.

입맛이 없어 내인들에게 물리곤 했던 그 음식들이 지금은 군침을 돌게 한다. 아니, 침이 말라 입천장이 갈라질 것만 같다. 그동안 대명하느라 스무 날 가까이 제대로 먹지도 자지도 못하다가 이제 뒤주에 갇힌 몸이 되고 말았다. 며칠간이나 물도 마시지 못하고 밥도 먹지 못했는지 알 수가 없다.

비로소 기근과 가난으로 밥을 굶고 심지어 아사까지 한다는 백성들의 형편을 조금은 짐작할 수 있을 것 같다. 현종대왕 즉위 십일 년에서 십이 년 사이에 경신대기근이 일어나 백성의 십분의 일인 사십여만 명이 굶어 죽었다. 이 일로 군포를 바치는 양인의 수가 크게 줄어들어 재정 손실이 심각했다.

그래서 그동안 군역을 면제받던 양반들에게도 군포를 바치도록 하자는 논의가 일어나기 시작했다. 서인이든 양반이든 각 호마다 군포를 매겨야 한다는 호포론戶布論도 대두되었는데 이런 추세에 양반들은 당연히 반대했다. 그 당시 양반들은 이전의 양반이 아니었다. 농공상을 멸시해온 양반들은 점점 가난해지고 상인들은 활발한 시장 활동으로 부유해져 갔다. 조선 빈민 중 절반이 소위 양반들이었다.

내가 대리청정을 막 시작했을 때 양반들이 얼마나 가난하게 사는지 지돈녕 이종성이 상소한 적이 있었다.

"안으로 서울에서 밖으로 팔도에 이르기까지 오두막집이 찌그러지고 쑥대에 파묻혀 눈보라 치는 혹한에도 굴뚝 연기가 나지 않는 곳은 물어보지 않아도 가난한 선비 집안임을 알수 있습니다. 심지어 나이 많아도 시집가지 못한 처녀들은 대개 양반의 딸들입니다. 세상에서 빈궁하기로는 사실 이들과 비교할 만한 데가 없습니다. 양역良役을 지는 백성들은 자못 애처롭기는 해도 힘써 농사를 짓고 땔감을 져 나르고 해서 그래도 마련할 길이라도 있습니다. 하지만 이들 양반에게 돈이나 베를 내라고 하면 한 푼, 한 실오라기인들 어디서 구하겠습니까?"

결국 양인 중에 군역을 회피하고 있는 자들을 추적 물색해서 재정을 보충하자는 방향으로 돌아섰다. 역대 왕들이 우왕좌왕하며 결단을 내리지 못하고 있던 군역 문제에 대해 아버지 대조는 '균역법'均役法이라는 과감한 정책으로 도전했다.

'균역', 즉 군역을 균등하게 한다는 것으로 모든 양인은 그동안 내던 군포 두 필을 한 필로 감필하여 균등하게 내도록 했다. 거기에 따른 재정 손실을 보완하는 방책이 여러 방면에서 논의되었다. 왕실이나 궁방으로 돌리던 어전세, 염분세, 선세 같은 해세海稅를 균역청으로 돌리게 하는 것도 그 방도 중 하나였다.

나는 대리청정을 하면서 나라를 다스리는 데 가장 중요한 것이 바로 세금을 잘 거두고 잘 써야 하는 것임을 절감했다. 나는 백성들이 애써 바친 세금을 허랑방탕하게 허비해버린 죄도 지은 셈이다.

이제는 뒤주를 한 번 흔들었으니 당분간은 흔들지 않을 것이다. 다음번에 또 뒤주를 흔들면 며칠이 지났는지 물어봐야겠다. 목소리를 낼 힘이 없어 바깥에서 들리지 않을지도 모른다.

아버지는 경희궁으로 환궁했을까 아직도 창경궁 궐내에 머물고 있을까. 내가 죽었다는 것을 확인하고야 환궁할 것인가.

아버지는 나경언의 고변告變이 있자 나를 불러 문초했다.

"네가 왕손의 어미를 때려죽이고 여승을 궁으로 들였으며 관서關西에 미행하고 북성으로 나가 유랑했는데 이것이 어찌 세자로서 행할 일이냐? 사모를 쓴 자들은 모두 나를 속였으니 나경언이 없었더라면 내가 어찌 알았겠는가?"

아버지는 빙애를 죽인 일을 추궁하고 여승 가선의 일까지 책망했다.

"또 장래에 여승의 아들을 반드시 왕손이라 일컬어 데리고 들어와 문안할 것이다. 이렇게 하고도 나라가 망하지 않겠는가."

나경언은 액정별감 나상언의 형이요 형조판서 윤급의 하인이었다. 한문을 잘 모르는 하인이 어떻게 유려한 문장의 상소를 써왔는지 의아했다. 무엇보다 나의 행적들을 어떻게 추적해왔는지 궁금했다. 배후가 있지 않고는 이런 고발을 할 수가 없었다.

나는 분한 마음이 들어 아버지에게 나경언과 면질하게 해달라고 했다. 아버지는 대리하는 소조가 죄인과 면질하는 것은 나라를 망치는 일이라면서 심하게 나무랐다.

나는 본래 있는 화증 때문에 불미스런 일들을 저질렀다고 변명했다. 아버지의 언성이 더욱 높아졌다.

"차라리 발광을 하는 것이 낫지 않겠느냐!"

정신이 나갔다들었다 하기보다 완전히 미쳐버리는 것이 낫지 않느냐는 아버지의 말은 내가 간절히 바라는 바이기도 했다.

판의금 한익모도 나경언을 신문하여 사주한 자를 캐물어

야 한다고 아뢰었다. 그런데 이상하게도 아버지는 그 자리에서 한익모를 파직하고 사주한 자에 대한 언급은 한마디도 하지 않았다. 사주한 자를 추적해가다가는 또다시 조정에 피바람이 불게 될 걸 염려한 것인가. 아니면 사주한 배후의 정점에 아버지가 있는 것인가.

문랑 홍낙준과 자의금 남태제를 비롯한 신하들이 나경언을 소조 모함죄로 참형에 처해야 한다고 간언하는데도 아버지는 신하들이 못 할 일을 나경언이 해냈다고 은근히 칭찬하며 장형 육십 대 정도로 용서하려고 했다.

그러나 신하들의 간언이 계속되고 나경언이 "동궁을 모함하여 죽을죄를 지었습니다"라고 자백하자 그제야 아버지는 나경언을 참형하라고 명했다.

나는 물러가라는 아버지의 호통에 금천교로 나와 돌바닥에 엎드려 대명했다.

나경언이 엎드린 채 목 베임을 당하는 복주형에 처해지고 난 후 나는 나경언의 아우 나상언을 붙잡아 시민당 손지각 뜰에서 문초하며 배후를 캐물었다. 나상언은 형의 일은 모른다고 잡아뗐다. 나는 나경언의 배후에 영의정 신만이 있다고 생각했다. 신만은 부모상을 당하여 삼 년 만에 탈상하고 다시 조정에 들어왔다. 아버지는 신만을 무척 반가워하며, 내가 대리청정을 잘 하는지, 서연에는 잘 참석하는지 나에 관한 일들을 살펴보라고 부탁했다. 신만은 나를 늘 감시하여 아버지에게 고자질을 하는 것 같았다. 아버지가 나를 쌀쌀맞게 대하는 것도 신만의 고자질이 한몫하고 있다고 여겨졌다.

신만의 일거수일투족이 미운 중에 나경언의 고변이 있자 나는 신만을 배후자로 지목하게 되었다. 신만의 배후에 아버지가 있는지는 더 생각하고 싶지 않았다.

노론 영의정 신만이 김상로, 유척기 등 여러 노론 대신들과 짜고 나를 아버지에게서 멀어지게 하고 결국 나를 제거하려고 했는지도 모른다. 그런데 영의정 신만을 직접 칠 수는 없어 그 아들 영성위를 잡으려고 했으나 몸을 숨기는 바람에 보이지 않았다. 영성위 집을 수색하여 그의 관복, 조복, 융복戎服, 일용제구와 패옥, 대대까지 다 가져와 불태우고 깨뜨렸다.

나는 대명해야 하는 처지였으므로 더 이상 신만 일당을 추적해나가지는 못했다. 내가 영성위에게 행패를 부린 것이 신만 일당에게 심각한 위협이 되어 더욱 나의 죽음을 재촉했는지도 모른다.

나와 노론의 대립이 심해진 계기는 바로 그 유명한 '을해옥사'라 할 수 있었다. 아버지가 즉위한 지 삼십일 년 을해년 이월 사일에 나주벽서 사건이 터졌다. 나주 객사 망화루 동변 두 번째 기둥에 흉서가 나붙었다는 장계가 올라왔다. 벽서에는 '간신이 조정에 가득하여 백성이 도탄에 빠졌다'는 구절 등 민심이 동요할 만한 내용들이 적혀 있었다.

아버지가 장계와 함께 올라온 벽서를 유심히 보다가 대신들에게 말했다.

"흉서의 자획이 찍어낸 것 같은데 그 이유가 무엇인가?"

승지 김치인이 대답했다.

"본래의 필적을 감추려고 그렇게 한 것입니다."

아버지는 좌변포도대장 구선행과 우변포도대장 이장오를 입시하게 하여 벽서의 자획을 보여주면서 기한을 정하여 주동자들을 체포해오도록 했다.

이레 후 나주에서 윤지를 비롯한 주동자들을 체포하여 압송했다. 윤지는 윤취상의 아들이었는데 윤취상은 경종대왕 때 한성판윤, 훈련대장 직임을 맡아 노론 축출에 앞장선 소론 준론파였다. 윤지는 무신년 이인좌의 난에 연루되어 제주에서 십 년, 나주에서 이십 년 귀양살이를 하고 있었다.

아버지는 동룡문으로 나가 윤지를 친국했다. 윤지는 나주 관리가 죄를 면하려고 자기에게 뒤집어씌웠다면서 억울하다고 했다. 자신에게 불리한 증거들은 공갈과 협박에 의한 거라고 항변했다.

윤지가 끝내 자복하지 않자 함께 잡혀온 그의 아들들과 하인, 지인 들을 불러내어 문초했다. 지인들은 뚜렷한 증거는 제시하지 못하고 윤지가 정월 이십 일에 집에서 '간신'奸臣 두 글자를 쓰는 것을 보았는데 흉서에도 그 글자들이 있어 윤지가 쓴 것이라 생각했다는 식으로 진술할 뿐이었다.

윤지의 종 개봉은 흉서가 걸렸다는 사실도 모른다면서, 윤지 첩의 남동생 독동이 윤지의 지인들과 가깝게 지내며 가끔 나라를 원망하는 말을 주고받는 것을 보았다고만 했다.

아들 윤광철은 할아버지가 쓴 문장이나 관련 문서들을 친가에 보내어 간직하도록 했는데 그 문장과 문서에 시국에 저촉되고 꺼리는 글들이 있어 아버지가 오히려 염려했다면서, 아버지는 나라에 공을 세워 충성하면서 다시 기용되기만을 늘 기다리고 있었다고 했다. 또 다른 아들 윤희철도 윤지의 혐의를 뒷받침해줄 만한 말은 하지 않았다.

다만 첩의 남동생 독동이 윤지가 흉서를 자기에게 주면서 객사 대문에 붙이라고 했다고 자백했다. 종이의 길이와 넓이, 글자 수와 크기, 흉서를 붙인 날짜와 시각까지 진술했다. 글자 크기가 엽전보다는 작고 바둑알보다는 컸다고도 했다. 윤지의 지인들 이름을 언급하며 그 자리에 함께 있었다고 했다.

나는 독동의 자백이 너무 세세하고 구체적이어서 오히려 미심쩍었는데 다른 대신들은 결정적인 증거를 잡았다고 여겼다.

윤지가 편지들을 모아둔 서통에서 나주 전 목사 이하징의 편지가 많이 발견되었다. 특히 이하징이 윤지의 아버지를 꿈속에서 배알했다는 편지 글이 대조를 분노케 했다.

그 이후에도 내사복에서 친국이 이어졌는데 처음에는 '간신' 두 글자만 보았다고 하던 이효식, 임천대 같은 지인들이 윤지가 친목계를 빌미 삼아 전국적인 규모로 역모를 꾀했다고 독동처럼 세세하게 진술했다. 면질 신문에서 윤지가 다른 내용을 이야기해도 지인들은 윤지를 중심 주동자로 몰아가기에 여념이 없었다.

이하징은 문초를 당하면서 그동안 화를 당한 김일경 같은 소론 대신들이야말로 신하의 절개가 있는 분들이라는 말까지 하여 결국 복주되고 말았다.

삼월 팔일 윤지의 아들 윤광철이 참형을 당할 때는 특별한 하교가 떨어졌다. 전례대로 목을 베는 식의 복주형을 집행하지 않고 사지를 갈가리 찢는 능지처참형을 숭례문에서 집행하니 문무백관과 도성 백성들은 다 모이라는 하교였다.

아버지는 보련을 타고 선인문을 경유하여 출발하면서 나에게 뒤따라오라고 명했다. 문무백관이 숭례문 앞에 차례대로 도열해 있는 중에 윤광철이 청파 앞길에서 참형을 당했다. 머리는 머리대로, 팔다리는 팔다리대로 피를 뿜으며 잘려나갔다.

나는 아버지가 왜 저렇게까지 잔혹하게 형을 집행하는지 이해하기 힘들었다. 윤지 등이 벽서를 정말 붙였는지도 의문이고, 설령 붙였다 해도 나라를 원망하는 벽서 한 장 붙였을 뿐 역모를 실행에 옮기지도 않았는데 말이다. '간신이 조정에 가득하여 백성이 도탄에 빠졌다'는 구절은 아버지 자신도 신하들을 책망할 때 종종 내뱉는 말이 아닌가. 나는 나라에 불만을 품고 살아가는 지방의 소론 잔류들을 소탕하기 위해 노론의 거대한 음모가 작동하고 있지 않나 의심이 들 정도였다.

윤광철의 처참한 머리와 팔다리들은 백성들이 다 보도록 길거리에 늘어놓았다. 윤지는 친국 중에 자백하지 않는다고 곤장을 얼마나 맞았는지 그만 경폐經斃하고 말았다. '경폐'는 사형을 당하기 전에 맞아 죽거나 자살해버리는 경우를 가리킨다.

수찬 채제공, 정언 송문재 등이 윤지가 이하징처럼 사시되기 전에 죽은 것이 억울하다는 듯 아뢰었다.

"시체를 꿇어 앉혀 목을 베는 기참跪斬형은 시행하지 못한다 하더라도 파가저택과 노적孥籍의 법은 잠시라도 늦추어서는 안 될 것입니다."

'파가저택'은 죄인의 집을 헐어 연못으로 만드는 형이고 '노적'은 죄인의 처자식까지 연좌하여 죽이는 형이다.

사십여 일 동안 서른세 명이 효수당하고 스무 명이 고문을 받다가 경폐했다. 도성에 피비린내가 진동하고 보름을 갓 지난 달이 진홍색을 띠고 바닷물이 핏물처럼 붉게 변하고 바닷

고기를 먹고 중독으로 죽은 사람이 열여덟 명이나 되었다.

처형당하는 사람의 수가 늘어나자 아버지는 이제부터는 고문하여 자백을 받아내지 말라고 하교했다. 의금부 추국도 중단했다. 노론은 연루자들을 더 잡아들여 이번 기회에 뿌리를 뽑아야 한다고 상소했지만, 아버지의 지시를 받은 나는 '부종'不從이라는 비답을 내렸다.

아버지는 역적 토벌을 마무리한 기념으로 오월 이일 춘당대에서 토역정시를 실시했다. 특별 과거인 셈이었다. 이때 이상한 답안지 하나가 발견되었다. 첫 장은 답안처럼 작성했는데 그다음 장부터는 파리 머리만 한 자잘한 글자로 조정을 비난하는 내용을 빼곡하게 채워놓았다.

답안지를 묶을 때는 백지 한 장이 눈에 띄었다. 첫 행에 '상변서'上變書라는 문구만 있고 나머지는 휑하니 비어 있었다. '상변'은 변란을 아뢴다는 뜻이었다. 답안지 하나는 조정을 비난하는 글로 가득 차 있고 또 한 답안지는 딱 한 문구만 적혀 있는데, 두 답안지 모두 이름이 없었다.

아버지는 고시 담당 고관이 가지고 온 답안지들을 살펴보다가 상을 주먹으로 내리치면서 눈물을 쏟았다.

"종이에 장황하게 쓴 것이 패악하기 그지없어 차마 똑바로 보지 못하겠고 마음이 낭떠러지로 떨어지는 것 같다. 방자하게 '휘'諱를 쓰기까지 했으니 더 말해 무얼 하겠느냐."

'휘'는 선왕들의 이름으로 신하와 백성들이 함부로 쓸 수 없는 글자들이었다. 조선 왕들의 이름이 대개 외자인 이유도 '휘'를 줄이기 위한 배려라고 할 수 있다. '휘'를 마구 내갈겼다는 것은 죽기를 각오하고 왕조 전체를 모독한 셈이었다.

아버지가 의미심장한 말을 남겼다.

"나주흉서와 답안지 글의 뜻이 서로 같으니 참으로 기이하다."

이름 없는 답안지 작성자를 찾기 위해 대대적인 수색이 벌어졌다. 마침내 심정연이라는 자가 체포되었다.

아버지가 내사복시에 나아가 친국했다.

"친림하여 과거를 베푸는 일이 얼마나 엄중한데 이름도 밝히지 않고 감히 난언으로써 협잡을 부렸으니 무엄하기 짝이 없다."

심정연이 비장한 얼굴로 대답했다.

"이는 바로 신의 일생 동안의 마음이기에 과거장에 들어오기 전에 이미 써두었습니다."

심정연 역시 윤지와 마찬가지로 무신년 이인좌의 난으로 숙청당한 가문의 일원이었다. 부친 심수관과 두 형이 참형당했는데 그때 심정연이 두 살이었기에 간신히 살아남을 수 있었다.

아버지는 탕평책으로 소론과 노론의 공생을 도모한다고 했지만 일찍이 유배된 소론의 자손들은 도외시하고 있었다. 결국 심정연의 답안지 글들은 아버지의 탕평책이 실패했다는 증좌인 셈이었다. 박문수의 말처럼 '가탕평'이라는 사실이 드러난 셈이었다. 그 점을 날카롭게 지적받자 아버지는 자신의 인생 전체가 무너지는 것처럼 비통해했던 것이었다.

하지만 그런 비통이 자기성찰로 돌아오지 않고 맹렬한 분노로 화하고 말았다. 심정연도 윤광철이 참형당한 숭례문 밖에서 복주되었다. 그때도 시좌하여 아버지를 지켜보았는데 아버지의 얼굴은 마침 서녘 하늘을 물들이던 저녁놀보다 더 붉게 상기되어 있었다.

노론은 다시금 나주벽서나 토역정시 답안지 사건에 연루된 소론 역당들을 처형하라고 상소를 연일 올릴 뿐 아니라, 이미 죽은 소론의 대신들까지 노적^{孥籍}을 추시하라고 간언하기에 여념이 없었다. '노적'은 중죄인을 처형할 뿐 아니라 처자들도 연좌시키고 재산까지 몰수하는 형벌이다.

을해년에 내가 윤허하지 않은 상소는 대부분 그런 노론의 무리한 상소들이었다. 여러 지역에 유배되어 남의 종으로 살고 있는 소론 남자들을 남김없이 진멸해달라는 노론 사간 박치문의 상소, 문초당할 때 미친 척하다가 경폐한 민후기에게 죽었다고 죄를 면제해주지 말자는 헌납 윤동성의 상소, 죄인들이 좋은 땅으로 유배되었으니 다시 귀양지를 정해달라는 지평 심각의 상소 등 헤아릴 수 없는 노론의 상소에 '부종'의 비답을 연이어 내렸다.

그래도 나주벽서나 토역정시 답안지에 연루되었다고 의심을 받는 자들은 친국이나 국문을 거쳐 수도 없이 처형되었다. 역적 토벌 마무리를 기념하는 토역정시가 더 엄청난 토벌을 벌이는 기폭제가 되고 말았다.

윤취상의 동생 윤혜도 심정연과 공모한 혐의로 내사복에서 친국을 받았다.

아버지가 윤혜에게 물었다.

"왜 그 종이에 '휘'를 잔뜩 썼느냐?"

"제 아들 이름을 지을 때 참고하려고 적어두었습니다."

'휘'에 해당하는 이름을 피하려고 그런 건지, '휘'를 오히려 사용하려고 그런 건지 그 대답만으로는 알 수 없었다. 후자라면 자기 아들이 임금이 될지도 모른다는 말이요 새로운 왕조를 세우겠다는 뜻이었다.

'휘'가 종이에 적힌 것만으로도 아버지로서는 통분할 일이었다. 아버지는 진노하여 붉은 칠을 한 주장朱杖으로 때리게 하여 다급하게 자백을 받아내려 했으나 윤혜는 혀를 깨물고 말을 하지 않았다.

영부사 김재로가 간했다.

"전하께서 늘 급하시기 때문에 자세한 실정을 알아내지 못하시는 것입니다."

"급하게 해도 실토하지 않는데 하물며 느슨하게 해야 되겠느냐?"

아버지는 분을 참지 못하고 보여를 타고 선인문을 나가서 종묘에 이르러 가마에서 내려 엎드려 통곡했다.

"나의 부덕으로 욕이 종묘에까지 미쳤으니 내가 어찌 살겠는가."

아버지는 술에 만취하여 갑주를 갖추어 입고 숭례문으로 나가 누각에 섰다. 대취타를 울리게 하고는 윤혜를 끌고 오도록 했다. 윤혜가 겨우 한마디 자백했다.

"그 흉서 답안지 글은 심정연이 짓고 글씨는 제가 썼습니다."

아버지는 훈련대장 김성응에게 명하여 윤혜의 목을 헌괵獻馘하라고 했다. 목을 베어 임금에게 바치라는 말이었다.

판부사 이종성이 아뢰었다.

"죄인에게 형을 시행하는 것은 의금부 같은 유사에서 하는 일인데 지존으로서 어찌 이런 일을 직접 하십니까?"

아버지가 상을 내리치며 고함을 질렀다.

"이종성은 나를 형을 집행하는 감형도사라 하는가?"

아버지는 이종성에게 충주목 유배령을 내리고 김성응에게도 즉각 헌괵하지 않았다 하여 면천군 유배령을 내렸다. 그리고 김성응의 직책인 훈련대장을 어영대장 홍봉한이 맡도록 하는 등 여러 대신의 직책들을 서로 바꾸어주었다. 아버지는 여전히 만취한 상태로 윤혜의 머리를 깃대 끝에 매달게 하고는 여러 차례 백관들에게 조리돌리게 했다.

승지 채제공과 교리 홍명환이 간하여 겨우 효수 조리돌림이 중지되었다. 아버지는 비틀거리며 간이막사 소차로 들어가 누웠다. 취타吹打를 중지시키지 않아서 밤새도록 악기 소리가 울려퍼졌다. 날이 샐 무렵에야 아버지가 정신을 차리고 소차에서 나와 취타를 그치게 했다. 갑주를 다시 갖추어 입고 숭례문에서 대궐로 환궁했다.

그 무렵 김일경의 종손 김요채와 김요백이 효시되고 윤혜의 형 윤근과 윤신, 윤취상의 서종자 윤경 등이 장형을 당하다가 죽고 말았다.

오월 이십일 승지 신치운이 잡혀와 문초를 당하다가 괴이한 말을 했다.

"성상께서 이미 이처럼 의심하시니 신은 자복합니다. 신은 갑진년부터 게장을 먹지 않았습니다. 이것이 바로 신의 반역하는 마음입니다."

게장을 먹지 않았다는 말에 아버지는 부들부들 떨며 눈물을 쏟았고 주변 신하들과 시위 군사들은 충격을 받아 통분해하며 어찌할 바를 몰랐다.

신치운이 아버지의 역린逆鱗을 건드리고 말았다. 아무도 건드리지 않는, 아무도 건드릴 수 없는 그 역린을.

경종대왕이 즉위 사 년 만에 돌아가실 즈음 수라를 잘 들지 않았기 때문에 궁궐 주방인 어주에서 평소에 좋아하던 게장을 수라상에 올렸다. 그런데 그 게장을 먹은 것이 탈이 되어 경종대왕이 훙서했다는 소문이 파다하게 퍼졌다. 그 게장을 연잉군이었던 아버지가 왕대비에게 갖다주고 왕대비가 어주에 게장을 내렸다는 것이었다. 게다가 생감까지 갖다주어 서로 상극인 게장과 생감으로 병이 악화되었다는 것이었다. 임금이 밤에 가슴과 배가 뒤틀리듯이 아파 의관들이 두시탕과 곽향정기탕을 진어했다고 했다.

임금이 훙서하기 하루 전 아버지가 올린 인삼차와 부자附子도 임금의 죽음을 재촉했다는 소문이 나 있었다. 유의 이공윤이 설사약인 계지마황탕을 임금에게 올려 복용하게 했는데 인삼차까지 드시면 기운이 막힌다고 경계했으나 아버지는 이공윤의 말을 듣지 않았다. 더 나아가 아버지가 왕위를 빼앗기 위해 음식과 약에 독을 타 경종대왕을 독살했다는 소문까지 나 있었다. 이십칠 년 전 무신년 이인좌의 난도 바로 그런 소문을 앞세우고 일어난 셈이었다.

이런 차제에 신치운이 자기는 경종대왕이 훙서한 갑진년부터 게장을 먹지 않는다고 했으니 그 말은 아버지가 경종대왕을 죽인 자로 임금의 자격이 없다는 뜻이었다.

'게장'이라는 한마디 때문에 아버지는 더욱 격분하여, 억지로 죄인들을 만들지 말라 했던 하교도 잊어버리고 조금이라도 혐의가 있는 자들은 모조리 처형해나갔다. 대개 탕평책에 반대했던 강경파 소론 준론파들이 줄줄이 엮여 목숨을 잃었다. 간신히 살아남은 소론 준론파들은 소론 완론파로 전향하여 탕평책을 지지하는 척했고 노론은 더욱 득세하기에 이르렀다.

을해년 한 해 동안 아버지가 처형한 사람의 수가 오백여 명이었다. 내가 일생 동안 화증을 이기지 못해 죽인 사람의 수는 백여 명에 불과한데 아버지는 일 년에 다섯 배나 많이 죽였다.

당쟁을 빌미로 사람들을 죽이는 것과 나의 살인 사이에 어떤 차이점이 있는 것인가. 나는 작은 임금 소조로서 내 비위에 거슬리는 자들을 죽였고, 아버지는 큰 임금 대조로서 비위에 거슬리는 자들을 죽였다. 아버지나 나나 연쇄살인범이라 해도 과언이 아니다. 조선의 모든 왕이 그렇다 해도 할 말이 없는 셈이다. 당쟁으로 말 한마디 잘못하여 죽어간 수없이 많은 대신, 신하, 관원, 선비 들.

피의 강이 흐른다. 피의 바다로 흘러든다. 피를 부르는 당쟁의 악습이 후손들에게도 그대로 이어질 것이다. 그것은 어찌 보면 살아남기 위한 몸부림인지도 모른다. '인'仁이 어디에 있고 '서'恕가 어디에 있는가.

과연 나는 뒤주에서 살아남을 것인가. 가망이 없다. 차라리 엎드린 채 목이 잘리는 복주형을 받는 편이 낫지 않은가. 누가 뒤주 천판을 열고 칼을 들어 내 목을 당장 쳐주었으면 좋겠다.

누가 또 뒤주를 흔든다.

"며칠이 지났느냐?"

묻는 말이 들리지 않는지 대답은 없고 수군거리는 소리만 들린다.

"아직 살아 있네. 목숨 질겨."

누님인 화평옹주가 살아 있었더라면 남편은 아마 뒤주에 들어갈 일은 없었을 것이다. 남편은 생모가 백일이 막 지난 자기를 떼어놓았다고 속으로 원망했다. 생모도 임금의 명이라 어쩔 수 없었는데도 말이다. 그래서 그런지 남편은 생모보다는 화평옹주를 더 의지하고 따랐다.

화평옹주가 죽고 나서 이듬해 첫아들 이정을 배었을 때 화평옹주가 생시에도 자주 보였다. 침방에 들어와 내 옆에 앉아 빙긋이 웃기도 했다. 그때 내 나이 열다섯 살이었으므로 어린 마음에 화평옹주가 귀신으로 여겨지지 않아 평소처럼 대했다. 그런데 꿈속에서 나타날 때는 끔찍한 모습을 하고 있었다. 해산하다가 죽어간 고통이 얼굴에 그대로 묻어 있는 듯했다. 나는 식은땀을 흘리며 잠에서 깨곤 했다.

나는 뱃속에 있는 아이에게 좋지 않은 영향이 있을까 싶어 조심했다. 내가 화평옹주를 깨어 있을 때나 잠을 잘 때나 자주 본다는 말을 남편 생모에게 하니, 화평옹주가 해산하다가 죽어 산귀産鬼가 되었는지도 모른다면서 그 원한을 풀어주자고 했다. 남편 생모가 산귀의 원한을 풀어준다는 부적을 어디서 구해와 베개 밑에 넣어두라고 했다. 그래서 그런지 그 이후로는 화평옹주가 잘 나타나지 않았다.

이듬해 팔월에 이정을 낳았다. 남편도 기뻐하고 산후 조리를 도운 남편 생모도 오랜만에 입가에 미소가 가득하고 궁궐 모든 사람이 축하해 마지않았다. 그런데 대조만은 축하의 말을 해주지 않았다. 오히려 남편 생모에게 핀잔을 주었다.

"옹주는 잊고 이리 좋아만 하니 인정이 박하구나."

내가 해산하자, 해산하다가 죽은 딸 생각이 더욱 났던 모양이다. 남편 생모는 그런 핀잔에도 미소를 지으며 응답했다.

"어찌 제가 화평을 잊겠습니까? 하지만 원손이 탄생했는데 어찌 기뻐하지 않겠어요?"

대조는 이제 아무 말씀 없이 아기를 유심히 들여다보며 보일 듯 말 듯 미소를 떠올렸다.

"마땅히 기뻐해야 할 때 맘껏 기뻐하지 못해 미안하구나."

남편은 대조께서 그리 기뻐하지 않는 것을 보고 다시금 마음이 울적해졌다.

"나 하나도 어려운데 아이까지 생겼으니 어이할꼬."

남편의 말을 듣자니 어쩐지 불안하고 두려웠다. 아기를 씻기면서 우연히 보니 어깨에 푸른 점이 있고 배에 붉은 점이 있었다. 남편 생모도 보고 대조께 이 사실을 알렸다. 대조께서 온양 거둥 하루 전날 남편 생모와 함께 와서 갑자기 자는 아기의 옷깃을 풀고 벗겨보았다.

"과연 푸른 점이 있고 붉은 점이 있구나. 화평의 몸에도 이런 점이 있었는데 이 아기가 화평이 환생한 게 아닌가."

그 이후로 대조가 아기를 대하는 태도가 달라졌다. 화평을 대하듯 자상하게 말을 걸기도 하고 쓰다듬기도 했다. 어떤 때는 아기를 화평이라고 불러 내가 깜짝 놀라기도 했다.

"화평아, 이제 다시 왔으니 그리 서러워 말아라."

아기 백일이 지나자 대조는 대신들을 인견하던 환경전을 수리하여 옮겨와 살도록 해주었다. 그렇다고 남편을 대하는 대조의 태도가 달라진 것은 아니었다.

아기가 겨우 열 달이 되었을 때 대조는 왕세손으로 세워 책봉례를 거행했다. 나는 좀 지나치다고 여겼으나 대조의 세손 사랑이 지극하여 한편으로는 안심이 되었다.

하지만 이듬해 봄에 아기를 잃고 말았다. 화평옹주 산귀가

자기 아기라고 데려간 것 같아 두렵고 애석했다. 온 궁궐이 큰 슬픔에 잠겼다. 나는 이산을 밴 몸으로 이정의 장례를 치러야 했다.

이산을 임신했을 무렵 하루는 남편이 아침에 일어나 흰 비단 한 폭을 내놓으라고 했다.

"내가 지난밤 용꿈을 꾸었는데 귀한 자식을 낳을 징조요."

남편은 꿈에서 본 용을 비단 폭에 그려 침실 벽 위에 붙였다. 용이 살아 있는 듯 힘차게 비상하는 그림이었다. 남편은 그림에 소질이 있어 강아지 그림도 잘 그렸다. 차라리 남편이 세자의 길을 가지 않고 예술가의 길을 갔더라면 비운을 맞이하지 않았으리라는 생각도 든다.

그런데 아직 이정이 살아 있을 때라 용 그림이 어색하기는 했다. 장차 태어날 아이가 용이라면 지금 비단 강보에 싸여 있는 아기는 무어란 말인가.

해산일이 다가오고 있었다. 산실청이 마련한 산실에는 맨 밑바닥에 황초가 깔리고 그다음 가마니, 초석, 양모 깔개, 기름 장판지 들이 차례로 깔렸다. 맨 위에는 머리와 양쪽 귀가 달린 백마 가죽이 깔렸다. 백마는 양기를 상징하고 흰색은 상서로운 색으로 출산의 안전과 신속을 기원하는 뜻을 담고 있었다.

백마 가죽 머리 밑에는 생모시 한 덩어리를 집어넣고 그 위에는 다산을 기원하는 날다람쥐 가죽 누서피䑕鼠皮를 깔았다. 누서피가 일종의 베개 피가 되었다.

산실의 북쪽 벽에는 이십사방위를 적은 이십사방위도와 순산을 재촉하는 부적인 최산부와 차지부가 붙어 있었다. 그리고 방벽 가막쇠에 누런 사슴가죽 고삐를 걸어 산모가 힘을 쓸 때 손으로 붙잡도록 해두었다.

산자리는 달마다 이십사방위 중 달이 뜨는 길한 방위를 따라 방향을 바꾸었다. 산실 밖 대청 추녀 끝에는 구리종을 걸어두어 위급한 때에 종을 쳐서 의관을 부를 수 있도록 했다.

산실청 의관들의 도움으로 둘째 아들 이산이 무사히 태어났다. 이산이 태어나자 대조와 궁궐 어른들은 첫 원손을 잃은 슬픔을 이기고 크게 기뻐하며 축하해주었다. 내가 보아도 아기가 갓 태어난 것 같지 않게 이목구비가 또렷하고 기품이 있어 보였다. 대조도 신통해하며 오랜만에 나에게 칭찬의 말을 해주었다.

"원손이 기이하고 범상하다. 조상님들의 혼령이 은밀히 도 왔구나. 네가 정명공주의 자손으로 나라의 빈이 되어 네 몸에 이런 경사가 있으니 네가 나라에 공이 크다. 아기를 부디 잘 기르되 검박하게 하는 것이 복을 아끼는 도리다."

복을 받았을 때 복을 아끼는 석복惜福의 도리를 따라야 복 을 오랫동안 누릴 수 있는 법이다. 나도 대조의 말씀을 마음 깊이 새기며 아기를 잘 키워 훗날에 내가 의탁할 수 있기를 소 망했다.

그런데 바로 그다음 달 조상이 내린 복이 위협을 당했다. 홍 역이 크게 성하여 궁궐에도 퍼지기 시작한 것이다. 화협옹주 가 먼저 홍역을 앓았다. 전염을 피하기 위해 남편은 양정합으 로 거처를 옮기고 아기는 나이든 궁인과 내 유모에게 맡겨 낙 선당으로 옮겼다. 아기는 아직 보모도 정해지지 않은 때였다. 나는 해산한 경춘전에 머물렀다.

남편은 양정합으로 옮긴 지 하루도 지나지 않아 홍역을 앓 으며 고생했다. 그런 중에도 남편은 나에게 제갈량의 '출사 표'를 읽어달라고 부탁했다.

내의원에서 입진하여 남편의 상태를 살피고 탕제를 지어주었다. 며칠이 지나 의관 김이형이 입진하여 말했다.

"옥안의 기색을 우러러보니 반점이 불그스레 윤기가 나 속에서 비치던 것이 죄다 밖으로 드러났습니다. 증세가 아주 순조롭습니다."

제조 원경하도 거들었다.

"홍색이 이미 두루 퍼졌으니 이제 반점이 수그러들 기미가 있습니다."

의관들이 탕제 한 첩을 또 지어주었다.

남편이 나을 즈음 내가 홍역에 걸렸다. 해산한 지 얼마 안 되어 홍역을 앓으며 온몸에 열꽃이 피는 발반 증세로 정신이 혼미해졌다. 이러다가 해산 중에 운명한 화평옹주의 뒤를 따르는 것이 아닌가 심히 걱정되었다.

그 무렵 낙선당으로 옮긴 아기도 홍역에 걸렸는데 건강도 좋지 않은 내가 크게 염려할까 싶어 주변에서 말을 해주지 않았다. 나중에 들으니 조정에서는 나와 원손의 병에 대해 염려가 많았다고 한다.

대조께서 극수재克綏齋로 나아가자 내국에서 입시했다. 제조 원경하가 아뢰었다.

"원손도 홍역 증세가 있습니다."

대조가 놀라서 되물었다.

"그래 상태가 어떤가?"

"증세가 매우 순조로우니 염려하실 것이 없습니다."

이번에는 도제조 김약로가 아뢰었다.

"빈궁의 홍역 증세는 붉은 반점이 거의 밖으로 나왔습니다. 치유될 기미입니다."

"빈궁의 증세에 비하여 원손의 증세는 어떤가?"

"원손은 홍역을 앓은 지 이제 나흘이 되었는데 얼굴에 붉은 기가 점차로 풀리고 있으니 대체로 순조로운 편입니다."

그 당시 종이품 동지경연사로 재직하던 부친은 경연청 일을 보면서도 우리 식구들을 구완하느라 세 처소를 밤낮으로 다니며 정성을 다했다. 얼마나 걱정하며 애를 썼던지 마흔 살에 검은 수염과 검은 머리가 다 희어지고 말았다.

천만다행으로 남편과 나와 아기가 모두 홍역에서 회복되었다. 하지만 애석하게도 화협옹주는 홍역으로 세상을 떠나고 말았다. 그즈음 전국에서 홍역을 앓지 않는 자가 없을 정도였다. 죽은 백성이 수도 없이 많았다.

홍역에서 간신히 회복된 남편은 곧바로 이어진 대조의 양위 소동으로 눈밭과 얼음 위에 수도 없이 엎드려야 했다. 어떤 때는 아예 혼절하여 의관들이 급히 청심원을 먹여 정신이 돌아오게 했다.

그러고 보니 남편은 홍역, 학질, 마마, 습진, 종기 등 앓지 않은 병이 없을 정도였다. 게다가 의대증, 불안증 등 정신에도 문제가 있으니 심신이 만신창이였다.

남편은 생일날 더욱 신경이 예민해졌다. 대조는 그 무렵 남편 생일만 되면 축하연에는 관심이 없고 더 부산하게 대신들을 들게 하고 춘방관을 불러 세자 서연에 관한 지시를 내리기 일쑤였다. 남편은 온갖 잔소리를 듣고 나서 생일 축하 잔치에 오기 때문에 기분이 좋을 리 없었다.

스물여섯 살 생일날도 남편은 대조에게서 무슨 소리를 듣고 왔는지 분한 마음을 삭이지 못하고 있었다. 축하하러 온 생모에게도 "이리 살아 무엇 하리" 하며 거친 말을 늘어놓았다.

세손 이산과 청연, 청선이 용포와 장복 색동옷으로 곱게 차려입고 방글방글 웃으며 아버지 생신을 축하하러 왔다. 아홉 살, 일곱 살, 다섯 살 아이들이 너무 귀엽고 앙증맞았다. 아이

들이 두 손을 이마에 모으고 절을 올리려 하자 남편이 버럭 고함을 질렀다.

"부모를 모르는 것이 자식을 알겠느냐! 물러가라!"

부모를 모르는 것이란 남편 자신을 비하하는 말이었다. 아이들이 크게 놀라 무서워하며 내 품으로 파고들었다.

남편 생모는 이전에 아들 병환에 관한 이야기를 들으면 과하게 부풀린 말이 아닌가 의심하기도 했다. 하지만 그런 아들의 모습을 처음 보고는 말문이 막혀 부들부들 떨기만 했다. 그동안 남편이 나와 주변 사람들은 괴롭혔지만 생모에게는 흐트러진 모습을 보이지 않으려고 했다. 생모와 아이들의 표정이 잿빛으로 변했다.

그해 봄에 남편의 병환이 더욱 심해져 애태우는 중에 여름이 다가왔다. 여름 가뭄이 들어 전국 각지에서 기우제를 지내며 비를 기다렸다. 대조도 사직단 북쪽 신문神門으로 가서 엎드려 비를 빌었다.

"신명께서 은택을 베풀지 않는 것이 아니라 이 한 사람에게 잘못이 있어서이므로 우선 구저인 창의궁으로 가서 기다리겠습니다. 정오가 되도록 비가 오지 않는다면 부끄러움을 안고 돌아가 수양하는 마음으로 있겠습니다."

대조는 창의궁에 들러 『중용』을 강연하고 환궁할 때에 종묘 앞에 이르자 보련에서 내려 한참 엎드려 있었다. 그래도 비는 오지 않았다. 그러자 대조는 비가 오지 않아 가뭄이 든 것도 소조가 덕을 닦지 않은 탓이라고 몰아붙였다. 사직단에서는 자기 탓이라고 했다가 이제 와서는 아들 탓으로 돌렸다. 천둥 번개만 쳐도 아들 탓으로 돌리니 그렇잖아도 천둥 번개를 무서워하는 남편이 더욱 공포에 떨었다.

참다못한 남편은 이번에는 대조의 총애를 받는 화완옹주를 협박했다.

"아무래도 한 대궐에서 아버지와 같이 못 살겠다. 네가 어떤 수를 써서든지 아버지를 모시고 경희궁으로 나가도록 해라."

그 일이 미뤄지자 남편은 나에게 화완옹주에게 가서 재촉하라고 성화였다. 내가 이궁離宮이 쉬운 일이냐고 반문하자 남편이 느닷없이 옆에 놓인 바둑판을 집어들어 나에게 던졌다. 바둑판에 왼쪽 눈을 맞아 하마터면 실명할 뻔했다.

그런데 화완옹주가 어떻게 설득했는지 대조께서 중전과 함께 경희궁으로 이어移御했다. 이어하는 날 나는 얼굴이 통통 부어 하직 인사도 제대로 올리지 못했다. 대조를 따라가는 남편 생모의 얼굴도 뵙지 못했다.

남편은 화완옹주에게 시킨 일이 먹혀들자 이번에는 온양 거둥을 윤허하게 해달라고 윽박질렀다.

"내가 대궐에만 있어 갑갑하기 그지없구나. 네가 나를 온양으로 갈 수 있게 하겠느냐? 습진으로 다리가 헐어 내가 고생하는 건 너도 잘 알 것이다. 아버지에게 온양 온천 이야기를 꺼냈다가 혼만 났다. 그러니 네가 아버지께 잘 말씀 드려 온양으로 갈 수 있게 하라."

남편은 칼자루에 손을 대고 여차하면 칼을 뽑을 듯한 자세를 취했다.

"내가 간청했다고 하면 안 되고 네가 오라비의 건강을 염려해서 아뢴다고 해야 한다. 나에 대한 무슨 말이 들리면 이 칼로 너를 벨 것이다."

"네. 그러겠사옵니다."

화완옹주는 생명의 위협을 느끼며 떨리는 목소리로 대답했다.

남편은 대조의 사랑을 받는 화완옹주를 평소에도 시기하여 못살게 굴었다. 화완옹주가 대조를 자주 만나면 자기 이야기를 일러바칠까 싶어 집에서 나가지 못하게도 했다.

이번에도 대조가 사랑하는 딸의 말을 들었는지 남편에게 온양 거둥령이 내려졌다. 대조는 의관들과 소조의 습진 치료에 관해 의논도 했을 것이었다.

대조는 온양 거둥시 보련을 호위할 협련군으로 훈국군 백이십 명을 뽑고, 금위영·어영청 두 군영에서 각각 이백 명씩 차출하도록 했다. 영기 세 쌍과 흑호의 흑기, 홍자주장수 두 쌍 등 붉고 검은 깃발들은 수어청에서 조달하게 했다. 행렬이 출발할 때 세 번 나팔을 부는 삼취는 포砲로 대신하게 했다. 그리고 대리청정 소조 행렬이므로 분조分朝를 상징하는 분승지, 분도총부, 분병조, 분오위장 들이 뒤따르도록 했다.

대조 거둥 행렬은 사천 명이 넘을 때도 있었지만 남편은 대조가 이만큼 배려해준 것만 해도 감격스러운 모양이었다. 나는 소조 행렬치고는 좀 모자라지 않나 싶어 서운한 마음이 들기도 했다.

생모는 정신이 온전치 못한 아들이 과연 온양 거둥을 무사히 마치고 올 것인지 걱정스럽기만 했다. 나도 염려가 되어 잠이 도통 오지 않았다.

드디어 칠월 십팔일 남편이 행렬을 거느리고 온양으로 떠났다. 대조는 남편에게 하직 인사는 하지 말고 떠나라고 해서 먼 길을 떠나는데도 전송을 받지 못했다.

생모는 아들 먹으라고 각종 밥과 찬이 담긴 찬합들을 인편에 계속 보냈다. 공주 진영장으로 있는 조카 이인강에게 기별하여 소조가 어떻게 지내는지 알아보고 전갈해달라고도 했다.

남편이 온양 거둥을 마치고 돌아오기까지 그 보름 동안 나는 마음을 졸이고 졸였다. 들리는 소문에는 남편이 가는 곳마다 백성들의 칭송을 받고 있다고 했지만 언제 어디서 정신이 흐트러질지 모를 일이었다.

제5일

저승전에서 보냈던 어린 시절이 떠오른다. 젖을 빨던 유모와 나를 곧잘 품에 안았던 최상궁, 한상궁에게서 풍기던 분내도 코끝에 맴돈다. 분내에 섞인 살 내음도. 한상궁에게서는 더욱 진한 살 내음이 났는데 처음에는 코를 막고 싶었으나 차츰 익숙해졌다.

최상궁과 한상궁은 서로 번갈아 나를 돌보았다. 최상궁은 나와 잘 놀아주지도 않고 세자로서 말하고 행동하는 법도에 대해서만 일러주었다. 한상궁은 나무와 종이로 초승달 모양의 월도를 만들어주고 활과 화살도 만들어주면서 나와 함께 숨바꼭질도 해주었다.

나는 최상궁 차례가 끝나 한상궁이 빨리 교대해주기를 기다렸다. 최상궁이 거처로 내려가면 그때를 틈타 한상궁이 내

또래 되는 어린 내인들을 문 뒤에 세워두었다가 나와 신나게 놀게 했다. 나는 한상궁이 만들어준 나무 종이 병기들을 들고 어잇 어잇, 기합을 넣어가며 내인들과 병정놀이를 했다. 그때 나무 종이 병기들에 흠뻑 빠져 있었기에 장성해서도 갖가지 군기붙이 모으는 일에 몰두했는지 모른다.

내가 한상궁에게 왜 남편이 없느냐고 물은 적이 있다.

"임금님이 계신데 남편은…"

한상궁이 쓸쓸한 표정을 지으면서 말끝을 흐렸다.

"임금님이 남편이야?"

"그, 그래, 그렇지요."

한상궁 얼굴이 연지보다 더 빨개졌다.

"혼례도 안 했는데?"

"혼례, 했어요."

한상궁 목소리가 자꾸만 기어 들어갔다.

내가 좀더 커서 궁궐 의례를 들여다보니 궁녀들도 혼례를 치르는 것이 아닌가. 신랑 없는 혼례식. 나이 비슷한 궁녀가 남장을 하고 신랑 역할을 하기도 했다.

궁에 들어오면 일단 견습내인 과정을 십오 년 거친 후에 계례와 동시에 혼례를 치른다. 그때 임금이 새로운 이름을 지어주며 명주, 모시, 무명, 베 한 필씩을 하사한다. 궁녀의 본가에서는 버선, 누비바지, 속치마 등 의류와 장롱, 반닫이를 비롯한 세간살이와 잔치 음식들을 들여보낸다.

물론 처녀의 몸으로 혼례를 치러야 한다. 궁에 들어올 때부터 열 살 이상은 처녀성을 감별한다. 의녀가 앵무새의 생피를 팔목에 묻혀보고 잘 묻으면 처녀이고 겉돌거나 잘 안 묻으면 처녀가 아니라는 식으로 감별했다.

처녀성 감별을 통과하면 저고리와 치마를 만들 흰 명주 한 필을 하사받는다. 그 옷감으로 노랑 저고리와 남치마를 지어 입고 가마를 타고 입궐하여 소속처에 배정된다. 나이가 어릴수록 격이 높은 소속처에 배정받는다. 임금과 가장 가까운 지밀至密상궁으로 키워질 궁녀는 네 살이나 다섯 살 무렵에 입궐한다.

견습내인이 배치되는 곳은 의식주와 관련된 여섯 처소다. 의복 담당 침방, 자수 담당 수방, 청소 담당 세수간, 다과 담당 생과방, 수라 담당 소주방, 세탁 담당 세답방 등이다.

혼례를 마친 궁녀는 비로소 품계를 받는데 열 등급의 품계를 차례로 올라가게 된다. 최고위직은 상궁인데 보통 삼십 년이나 삼십오 년이 걸려야 올라갈 수 있다. 상궁 중에서도 가장 높은 직급은 제조상궁, 즉 큰방상궁이다. 궁녀를 수백 명 거느리고 내전 살림을 맡은 제조상궁은 몇 달 혹은 몇 년마다 바뀌는 영의정 부럽지 않은 지위에 있는 셈이다.

승전색처럼 늘 임금 곁을 떠나지 않는 대령상궁, 왕의 침실을 담당하는 침실상궁은 제조상궁과 함께 지밀상궁이라 한다.

그러고 보면 저승전의 최상궁과 한상궁도 지위가 상당히 높은 내인인 셈이다. 내 생모인 영빈 이씨가 와도 굽실거리지 않고 세자를 알현하는 절차를 밟도록 한 후에야 나를 만나게 했으니.

생모는 최상궁, 한상궁 들이 까다롭게 구는 바람에 나를 만나러 오는 횟수가 줄어들었고 아버지도 저승전 내인들이 마음에 들지 않아 뜸하게 찾아왔다.

아버지는 나중에 한상궁이 나에게 병기 장난감들을 만들어주고 놀이에 빠지도록 했다고 한상궁을 저승전에서 내쫓았다. 나에게 가장 다정했던 한상궁은 쫓겨나고 최상궁을 비롯한 내인들은 그대로 남았다. 한상궁이 나가자 나는 어머니를 잃은 심정이 되어 걸핏하면 울기 일쑤였다.

법통으로는 중궁전이 내 어머니가 되었는데 자신이 낳은 자식인 양 나를 대해주었다. 자상한 어머니 중궁전이 오 년 전 이월 십오일 저녁 신시申時에 예순여섯의 나이로 서익각 관리합에서 승하했다. 지중한 대조전에서 죽을 수 없다면서 서편 관리합으로 내려와서 숨을 거두었다.

그때 중궁전의 손톱이 모두 푸르게 변하고 검붉은 피를 한 요강이나 토했다. 내가 눈물을 흘리며 피가 가득한 요강을 들고 나가 의관에게 보여주었다. 간신히 정신이 돌아온 중궁전이 나를 보더니 오히려 내 건강을 염려하며 힘없는 목소리로 "그만 돌아가라"고 여러 번 권했다.

내가 깊은 한밤중에 경춘전으로 내려와 있는데 새벽에 내인이 달려와 아뢰었다.

"마마께서 정신이 아주 혼미하신지 아무리 여쭈어도 대답이 없으십니다."

내가 놀라서 관리합으로 가보니 중궁전은 그야말로 혼수상태에 빠져 있었다.

"소신이 왔소. 소신이 왔소."

내가 수도 없이 외쳤지만 여전히 대답이 없었다.

날이 밝자 아버지가 소식을 듣고 오셨다. 나는 아버지를 보자 그만 몸을 움츠리며 급히 방 한구석으로 물러가 엎드렸다. 아버지는 내가 밤새도록 중궁전을 구완한 것을 모르고 흐트러진 내 모습을 보고 또 꾸짖었다.

"내전 병환이 위중한데 문안을 오면서 옷이 왜 그 모양이냐? 행전은 매다 만 것이냐?"

중궁전은 결국 정오가 훨씬 지나 신시에 돌아가셨다. 나를 낳지는 않았지만 정성스레 키워준 어머니, 중궁전이 세상을 떠나자 비통하기 그지없었다.

내가 관리합 아랫방으로 내려가서 머리를 풀고 승하를 알리는 발상거애發喪擧哀를 하려고 했다. 아내는 옷을 흔들며 초혼하는 고복皐復을 내관에게 시키려 하고 있었다. 그런데 아버지가 울고 있는 내인들에게 생전의 왕비에 대한 이야기를 길게 하는 바람에 발상과 고복이 한참 늦추어지고 말았다.

바로 그 시각에 아버지가 총애하는 화완옹주의 남편 일성위 정치달도 별세했다. 아버지는 왕비가 임종할 때는 울지도 않고 잡담이나 늘어놓다가 일성위 부음이 들어오자 그제야 통곡했다. 신하들이 만류하는데도 아버지는 사위 빈소로 달려갔다가 새벽녘에야 돌아왔다.

아버지의 환궁을 기다리느라 중궁전의 시신은 하루를 지나서 염습을 해야만 했다. 왕비의 경우는 원래 승하한 그날 습襲을 하고 소렴小殮을 해야 하는데 늦어지고 말았다. 사흘 후 대렴大殮을 행하고 시신을 재궁齋宮에 안치했다. 대개 습의는 아홉 벌, 소렴의는 열아홉 벌, 대렴의는 관에 함께 넣는 수의까지 합하여 아흔 벌이었다.

창덕궁 경훈전을 중궁전의 빈전으로 삼고, 나는 바로 옆 옥화당에 한 칸 초막 거려청居廬聽을 만들어 다섯 달 동안 상제로 기거했다. 하루 여섯 번 곡을 하고 날마다 아침저녁으로 음식을 올렸다. 아내는 관리합 맞은편 융경헌隆慶軒으로 옮겨 왔다.

아버지는 후궁들에게는 사랑을 쏟았지만 중궁전은 가까이하지 않았다. 중궁전이 승하하고 나서도 상복을 입고 대왕대비 대할 일을 걱정할 정도였다. 색동옷을 입고 대왕대비를 즐겁게 해드려야 한다면서.

대왕대비도 한 달 남짓 후에 일흔한 살 나이로 승하하고 말았다. 창덕궁 영모당에서 염습하고 통명전을 빈전으로 삼았다. 입관할 때 보니 관 밑에는 얼음을 깔고 관 위에는 하얀 비단으로 만든 홑이불 소금저素錦褚를 덮었다.

아버지는 예순넷 나이에도 채원합에 거려청을 만들어 다섯 달 동안 상제로 기거하며 역시 하루 여섯 번 곡하고 아침저녁으로 음식을 올렸다. 나는 옥화당에서, 아버지는 채원합에서 인산凶山이 있기까지 그렇게 상제 노릇을 했다. 아버지는 아내와 어머니를 거의 동시에 잃은 셈이었고 나는 어머니와 할머니를 잃은 셈이었다.

핏줄로는 연결되지 않았지만 두 분은 나에게 큰 버팀목이 되어주었다. 소론과 노론의 격쟁 가운데서 내 목숨을 지켜주었다 해도 과언이 아니었다. 두 분을 잃은 슬픔이 가없으면서도 한편으로는 공포에 가까운 두려움이 밀려왔다. 나를 향해 사방에서 쏘아대는 불화살을 막아줄 방패 역할을 누가 해줄 것인가.

후궁인 숙의 문씨와 오라비 문성국이 나의 일거수일투족을 감시하며 아버지에게 고자질한다는 사실을 잘 알고 있었다.

문성국은 누이 덕분에 액정서 별감이 되어 궁궐문 자물쇠 열쇠 담당 사약司鑰으로 승진했다. 문성국은 누이가 딸 둘로 그칠 게 아니라 아들을 낳아주기를 학수고대하고 있음에 틀림없었다.

후원에 가서 쉬거나 무예를 익힐 때도 중정문 근처 가옥에 사는 문씨 차지내관 전성해가 엿보지 않는지 신경이 쓰였다. 문성국이 전성해 집으로 자주 놀러온다는 소문을 듣고 있던 무렵이었다.

게다가 화완옹주와 남편 영성위 정치달도 합세하여 나의 행적들을 고자질하는 것 같았다. 어쩌면 아버지가 그들에게 나를 감시하라고 특별 하교를 내렸는지도 모른다. 이후로 나는 낯선 사람을 만나면 혹시 문성국이나 정치달의 하수인이 아닌지 의심이 들었다.

"저놈이 문성국의 하수인이야."

"저년이 정치달의 하수인이야."

이런 소리가 귓가에 맴돌기도 했다. 그 무렵부터 아마 내가 사람을 죽이기 시작했을 것이다.

그러다가 이 년 후 열다섯 살의 왕비가 중전으로 들어오고 나서 정도가 더 심해졌다. 화증이 일어나면 누군가를 죽여야 화증이 풀리는 지경에 이르고 말았다. 왕비의 아비 김한구와 오라비 김귀주 일당이 문씨와 문성국 들과 은근히 경쟁하면서도 공동의 적인 나를 견제하는 데는 힘을 합했다. 아내마저도 아버지의 측근인 장인에게 나를 고자질하고 장인이 아버지에게 일러바치지 않을까 의심이 들었다.

나는 자신을 스스로 지키기 위해 후원으로 나가 말을 달리고 무술을 익히며 체력을 키워갔다. 그때 스스로 익힌 무술들, 곤봉, 장창, 죽장창, 월도, 쌍검 등 열여덟 가지 무술을 그림까지 그려가며 설명한 『무기신식』이라는 책을 엮기도 했다. 하지만 정신은 무술과 체력을 따라가지 못하고 허물어지기만 했다.

연꽃이 가득하던 후원 연못과 영화당, 청심정, 소요정, 청의정 들이 눈물겹도록 그립다. 한 번만 더 후원을 거닐고 말을 달릴 수 있다면.

영화당을 왼편에 끼고 좀더 들어가면 연지蓮池가 나오고 단아한 애련정이 연못에 두 기둥을 담그고 있다. 다래덩굴, 소나무, 떡갈나무, 귀룽나무, 작살나무, 버드나무 들이 우거진

언덕을 따라 올라가면 옥류천이 흐르고 소요암에는 인조대왕이 썼다는 '옥류천'玉流泉 글자가 새겨져 있다. 그 옆에는 숙종대왕이 지은 오언시가 적혀 있다.

떨어지는 물길은 삼백 자나 되고
저 아득히 높은 하늘에서 내려온 것이네
이를 보노라면 흰 무지개가 일고
온 골짜기에 천둥 번개가 몰아치네

과장이 심한 숙종대왕의 오언절구 중에서 '흰 무지개'와 '천둥 번개'는 나에게 무서운 말이다.

오 년 전 이월에 좌의정 김상로가 대리청정하는 나에게 간단한 상소문인 차자箚子를 올려 아뢰었다. 흰 무지개, 음홍陰虹이 해를 뚫은 불길한 징조가 있다면서 하늘의 경고를 들으라고 했다. 그러면서 나에게 홀로 있을 때에도 근신하여 욕정을 깨끗이 없앴느냐고 물었다. 만약 욕정을 없애지 못하고 진선進善하지 않으면 큰 일을 당할 거라고 겁을 주었다.

욕정을 이기었느냐고 묻지 않고 없앴느냐고 물어 나는 더욱 당황했다. 좌의정이 내 행실에 대한 소문을 듣고 흰 무지개 징조를 빌미로 나에게 경고하고 있음을 눈치채고는 마지못해 답했다.

"깊이 유념하여 경성하도록 하겠소."

김상로는 임금이 앉은 어탑에 아주 가까이 다가가 사관도 듣지 못할 정도로 속삭이듯이 아뢰는 것으로 유명한 대신이다. 사관들 사이에 김상로에 대한 불만이 많았다.

더 나아가 김상로는 아버지가 누워 있으면 머리맡에 엎드려 작은 소리로 아뢰는 다른 대신들과는 달리 매번 방바닥에 손가락으로 글자를 은밀히 써서 아뢰었다. 무슨 말을 했는지 아무도 모르게 하려고. 그러면 아버지는 문지방을 두드리며 탄식하고 김상로 역시 엎드려서 슬퍼하는 척했다. 아마도 그 손가락 글자들에는 내 행실에 대한 보고도 많이 들어 있을 터였다. 아버지가 공문합에서 대왕대비 상제로 곡을 하다가 누워 있을 때도 김상로가 그리 했다고 한다. 옆에서 생모가 지켜보고 김상로 하는 짓이 흉하다고 탄식하며 나에게 귀띔해준 적도 있다.

처음에는 김상로가 나와 아버지 사이에서 말을 잘 해주는 줄 알고 은인으로 생각했다. 하지만 알고 보니 나에게는 이런 말을 하고 아버지에게는 저런 말을 하면서 나와 아버지를 이간질하고 있었다.

흰 무지개 징조를 가지고 김상로가 나에게 경고한 대로 그 이후에 정말 불길한 일들이 뒤따랐다. 이듬해 왕비와 대왕대비가 연이어 승하하고 나의 살인 행각이 시작되고, 대조가 발가락을 크게 다치는 등 병환이 들고, 한 해가 지나자마자 화순옹주와 남편 월성위 김한신이 죽었다.

화순옹주는 만후궁 정빈 이씨의 딸로 나보다 열다섯 살이나 많은 배다른 누님이었다. 화순옹주는 어머니가 자기를 낳고 나서 얼마 있지 않아 별세하여 젖먹이 때부터 어머니 없이 자랐다. 나도 백일이 되고 나서는 생모와 떨어져 자란 셈이어서 화순옹주를 보면 동병상련을 느꼈다.

화순옹주는 남편이 죽자 열흘 이상이나 곡기를 끊어 자진하고 말았다. 딸이 이레째 곡기를 끊고 있다는 말을 듣고 아버지가 병환 중에도 화순옹주에게 가서 미음이라도 먹으라고 사정했다. 화순옹주는 미음을 마시는 척하다 도로 토해버렸다. 아버지는 딸의 결심을 막을 수 없다고 혀를 차며 돌아가고 말았다.

화순옹주와 남편 김한신은 합장묘에 묻혔다. 화순옹주의 장례를 치른 후 예조판서 이익정을 비롯한 대신들이 열녀문인 정문을 세워 그 정절을 기리자고 간언했다. 하지만 아버지는 윤허하지 않았다.

"자식으로서 아비의 말을 따르지 아니하고 마침내 굶어 죽었으니 효孝에는 모자람이 있다. 앉아서 자식이 죽는 것을 보고 있는 것은 아비의 도리가 아니기에 내가 거듭 타일러서 미음과 약을 먹기를 권하니, 화순이 웃으며 대답했다. '성상의 하교가 이러하신대 어찌 억지로라도 마시지 아니하겠습니까?' 그러고는 조금씩 두 차례 마시고는 곧 도로 토하면서 말했다. '비록 성상의 하교를 받들었을지라도 중심이 이미 정해졌으니 차마 목에 내려가지 아니합니다.'

내가 그 고집을 알았으나 본심이 연약하므로 사람들의 강권으로 차츰 마실 것을 바랐는데 결국 어버이 뜻 순종하기를 생각지 아니하고 운명해버렸다. 정절은 있으나 효에는 모자란 듯하다. 그날 바로 죽었으면 내가 무엇을 한하겠느냐마는 열흘을 먹지 아니하니 내 마음에 괴로움이 많았다.

아까 예조판서가 정려은전旌閭恩典 실시를 청하였는데, 그 요청은 잘못되었다. 아비가 되어 자식을 정려하는 것은 자손에게 베풀 도리가 아니며 후손에게도 폐단이 없지 아니하다."

또한 친누님 화평옹주를 생각하면 가슴이 저며온다. 내가 열네 살이던 한여름에 화평옹주는 꽃다운 스물두 살의 나이로 별세했다. 그것도 아이를 낳다가 절명하고 말았다.

누님은 열두 살 때 예조참판 아들 박명원과 혼인했다. 박명원은 금성위에 봉해졌는데 유명한 문필가 박지원의 팔촌형이었다. 옹주가 혼례를 치르면 대개 궐 밖으로 나가게 되는데 누님은 아버지의 특별한 배려로 궐 안에서 기거할 수 있었다.

아버지는 누님의 말이라면 뭐든 다 들어줄 기세였다. 누님이 다섯 살 때 마마를 앓자 아버지는 모든 죄수의 형 집행을 정지하기도 했다. 누님은 아버지가 나를 싫어하는 것을 알고 아버지의 사랑이 나 대신 자신에게로 쏠리는 것을 몹시 미안하게 생각했다. 그러면서 아버지와 나 사이에서 중재자 역할을 하려고 애썼다. 아내도 누님을 친정 식구처럼 잘 따르고 나로 인해 상심한 마음을 털어놓기도 했다.

누님은 죽기 직전에 사람을 보내어 아버지에게 아뢰었다.

"병이 위독하여 다시 천안天顔을 모실 수 없을 것 같습니다."

천안은 곧 용안을 의미하는 말이었다. 아버지는 그 전갈을 받자 의관도 제대로 갖추지 않고 호위도 별로 없이 누님 집으로 허겁지겁 달려가 임종을 보았다. 아버지가 누님의 빈소에서 얼마나 통곡하는지 다들 몸둘 바를 몰랐다. 무척 더운 날씨라 땀을 줄줄 흘리면서도 아버지는 밤새도록 울음을 멈추지 않았다. 대신들이 환궁을 청하기 위해 접견하려고 해도 아버지는 빈소를 떠날 줄 몰랐다.

아버지는 누님의 죽음으로 정사를 돌보지 못할 정도로 깊은 슬픔에 빠졌다. 대신들이 임금의 슬픔이 지나치다고 간했다가 파직을 당하기도 했다. 아버지는 누님의 장례를 최대한 성대하게 치러주었다. 분묘를 쌓는 데만 수개월이 걸렸다.

나의 생모도 자식이 부모보다 먼저 죽은 참척慘慽의 극한 슬픔에 제대로 몸을 가누지 못했다. 생모는 이미 어린 나이에 죽은 두 딸을 가슴에 묻어두고 있었다.

십 년 전 십일월 내 친누이 화협옹주가 스무 살에 홍역으로 죽어 또 생모의 가슴에 묻혔다. 미모가 빼어난 화협옹주는 열한 살 때 영의정 신만의 아들 신광수와 혼인했다. 내 생모가 나를 낳고는 딸들을 계속 낳았는데 이번에는 아들이겠지 하고 기대했다가 딸이 또 나오자 아버지가 고개를 돌렸다고 한다. 그 딸이 바로 화협옹주라 아버지가 잘 쳐다보지도 않고 멀리하기 일쑤였다. 아버지는 자신이 아끼는 화완옹주가 있는 곳에 화협옹주를 함께 있지 못하도록 했고, 화완옹주가 지나간 길은 화협옹주가 뒤이어 밟지 못하도록 했다.

아버지에게 내가 뭐라 대답하면 세숫대야에 물을 가져오라 하여 더러운 말을 들었다면서 귀를 씻곤 했다. 귀 씻은 물은 대궐 담 너머 화협옹주가 살고 있는 방향으로 버렸다. 담 밑을 지나가는 행인이 물벼락을 맞았는지도 모른다. 화협옹주의 말을 듣고 아버지가 귀를 씻으면 아마도 내 처소 방향으로 물을 버렸을 것이다.

내가 한번은 화협옹주를 만나 농담 삼아 말했다.

"우리 남매는 귀 씻은 물 차지네."

그러자 화협옹주가 배꼽을 쥐고 웃었다.

"하하, 허허."

우리 남매는 오랜만에 마음껏 웃었다. 그때만 해도 아버지의 편애를 웃어넘길 여유가 있었다.

화협옹주와 함께 웃은 웃음소리가 지금 귓가에 메아리친
다. 내가 뒤주에서 죽으면 생모는 다섯 번째로 자식을 가슴에
묻는 참척을 당하게 된다. 아, 어머니, 누님, 누이들.

온천의 따끈한 물이 뒤주 안으로 흘러 들어와 차오른다. 땀
범벅이 되어 마비되어가는 내 온몸을 담가준다. 나는 이미 옷
을 다 벗어버리고 알몸으로 있다. 내가 어머니 자궁 속 양수
안에 태아로 웅크리고 있는 듯하다.

내가 잉태되기 전에는 원래 없었고 또다시 없는 상태로 돌
아가려 한다. 없는 존재, 없어야 하는 존재.

없음과 없음 사이에 잠시 존재했던 스물여덟의 내 삶은 없
음만도 못하다. 조물주는 없음만도 못한 존재들을 왜 세상에
자꾸 내보내는 것인가. 전 우주가 결국 없음으로 돌아갈 텐데.
그래도 태어난 이상 벌레들처럼 꾸물거리며 살아가야 하는
인생.

사실 나는 태어나면서 민초들이 누리지 못하는 많은 혜택
을 입었고 한량없는 복을 받았다. 그러나 이 복을 아끼는 석복

의 도리를 다하지 못하고 제 복에 겨워 곤두박질치고 말았다. 나를 이렇게 만든 사람들을 원망해본들 무슨 소용이 있겠는가. 아버지가 늘 말하는 대로 이 모든 것이 내 탓일 뿐이다. 사람들에 대한 원망을 접고 나는 원래 있던 없음의 자리로 돌아가야 한다.

누가 또 뒤주를 흔든다. 그 바람에 내 몸을 담가주던 온천물이 후룩 빠져나가 버린다. 내가 흔들리면서 신음을 흘린다. 저들은 뒤주를 흔들어보면서 내 생존을 확인하고 있지만 나역시 흔들리면서 스스로 생존을 확인한다.

내가 살아 있음을 가장 확연하게 느낀 시기는 아무래도 온양 거둥 기간이다. 내가 여동생을 위협하여 아버지에게 온양거둥을 윤허해주도록 하라 했지만, 그 무렵 대신과 의관들도 아버지에게 나의 온양행을 권유하고 있었다. 어쩌면 여동생이 아버지에게 직접 말하지 않고 대신과 의관들로 하여금 아버지에게 아뢰도록 했는지도 모른다.

아버지가 홍정당興政堂에서 대신들을 인견할 때 영의정 김상로가 나의 안부를 물었다. 아버지가 대답했다.

"소조는 다리의 습창으로 보련을 타기 어려워 데려오지 못했다. 바깥 사람들은 이런 줄 알지 못하니 장차 어떻게 해야 좋겠는가? 저번에 목욕 요청을 금한 것은 그럴 만한 이유가 있었다. 만일 온천 김을 쐬는 훈세薰洗가 치료에 도움이 된다면 어찌 하지 않겠는가?"

장인인 호조판서 홍봉한이 말했다.

"훈세가 습진에 좋습니다."

좌의정 이후가 아뢰었다.

"신 등이 여러 의관과 더불어 달려가서 입진하는 것이 마땅할 줄 아옵니다."

"왕진한 뒤에 와서 나에게 알려주도록 하라."

김상로가 나의 온양 거둥이 거의 결정난 것을 눈치채고 아뢰었다.

"온천에 행차하고 나면 궐내가 빌 것 같습니다."

"빈궁과 세손을 곧 데리고 오는 것이 좋겠다. 세자가 저쪽에 있기 때문에 데리고 오지 않았는데 듣건대 세손이 중관을 보고 내 안부를 물었다고 하더구나."

예조에서 나에게 온양 거둥시에 전례에 따라 온정제溫井祭를 드리라고 권했다. 온정제는 온천 목욕을 하는 새벽이나 아침에 온정신령에게 제문을 지어 올리고 희생과 음식을 바치는 제사로 대대로 지켜오던 의례였다. 그래야 온천 효과가 더욱 난다고 믿었다.

드디어 포가 세 번 울리면서 아침나절 창덕궁에서 온양 거둥 행렬이 출발했다. 오랜만에 행렬을 거느리고 대궐 밖으로 나오니 삽상하기 그지없었다. 정신이 한껏 맑아지는 느낌이었다. 다리의 습진과 종기로 보련을 타고 가기가 좀 불편하긴 했지만 의관들이 지어준 탕제로 통증은 사뭇 가라앉아 있었다.

한강에 이르자 그저께와 그끄저께 내린 비로 강물이 엄청 불어 있었다. 물살이 거세어 내가 타고 있는 용주龍舟로는 강을 건널 엄두가 나지 않았다. 행렬이 강가에 멈춰서 어찌할 바를 모르고 있었다. 그때 경기감사 윤직이 계책을 세워 배 수십 척에 돛을 달아 선도하게 하면서 굵은 동아줄 수십 가닥으로 용주를 여러 배에 매어 한강을 건너도록 해주었다.

사실은 공조당상이 도강 문제를 해결해주었어야 마땅한데 미처 한강에 대령하지 못했다. 아버지가 그 사실을 보고받고 공조당상을 파직해버렸다.

벌써 시각은 오후로 넘어서고 있었다. 저녁 무렵 과천에 이르러 유숙했는데 군사와 신하들을 여러 관사에 머물도록 하고 일절 민가에 폐를 끼치지 못하게 했다.

내가 주변을 점검하며 둘러보는 중에 사람들이 수군거리는 소리가 들려왔다.

"어찌 사부師傅와 빈객이 한 사람도 수행하지 않았지? 그래도 대리청정을 하는 소조인데 이렇게 모셔도 되나?"

하지만 나는 사부와 빈객이 따라오지 않은 것이 오히려 다행이다 싶었다. 사부가 따라왔다면 사사건건 잔소리를 해댈 것이고 아버지에게 고자질할 게 뻔했다.

이튿날 수원에 도착하여 화산花山에 올라 사방을 살펴보았다. 언젠가 한번 와본 적이 있는 것 같기도 하고 내가 안착하여 살고 싶은 느낌이 들기도 했다.

수원에서 하룻밤을 보낸 후 진위에 이르러 유숙할 때도 민가에 폐가 되지 않도록 조심하라고 거듭 경계했다. 그런데 임시척 등이 피리를 불어 환위군을 점군點軍하는 바람에 신하들이 나에게 임시척 등을 처벌하라고 고했다.

"나팔을 불지 않고 피리를 불어 점군했다는 것은 극히 충격적인 일입니다. 군율로 엄히 다스려야 합니다. 임시척은 몇 달 전에도 안면도 금송을 베어낸 일로 세 등급이 강등되는 징계를 받은 적이 있습니다."

"군율은 가볍게 논할 일이 아니다. 하지만 처벌은 해야겠으니 곤장으로 다스려라."

나는 온양 거둥 길에 심한 벌로 다스리고 싶지 않아 임시척에게 관대한 벌을 내린 셈이었다. 거둥 행렬이 진위에 유숙하는 동안 경상도 성주, 안동, 금산 지역에서는 지진이 나고 벼락에 맞아 죽은 자도 여러 명 있었다.

아버지는 입시한 금군에게 명하기를, 말을 달려 온양 거둥에 수행한 승지에게 가서 나의 행적을 기록한 일기를 봉해 올리도록 했다. 대궐을 나온 지 며칠 되지도 않았는데 아버지는 나의 일거수일투족이 궁금했던 모양이다.

직산에 유숙할 때는 원근 각처에서 거둥 행렬을 구경하러 많은 백성이 모여들었다. 특히 대리청정하고 있다는 소조, 나의 모습을 우러러보고 싶었을 것이었다. 내가 충청감사 구윤명에게 지시를 내렸다.

"구경하는 자들이 너무 많고 말들도 어지러이 다니는 복잡한 중에 사람들이 넘어지고 쓰러지지 않을까 염려된다. 불상사가 없도록 각별히 살펴보고 구경 나온 사람들을 내쫓거나 전답을 손상하지 않도록 하라."

대조도 하교를 내려 길가 백성들을 매질하여 내쫓지 말라고 했다.

창덕궁을 나온 지 나흘 만에 온양 행궁에 도착했다. 비가 올 듯 날씨가 잔뜩 흐렸다. 협련군을 비롯한 호위 군사들과 신하들이 짐을 풀고 휴식을 취했다.

온천에 들어가기 전에 예조에서 권유한 대로 온정제를 지냈다. 희생을 드리고 향을 피워 축문을 올렸다.

드디어 피곤에 지친 몸을 온천에 담갔다. 사타구니께의 습종들이 따끈한 온천물에 수그러드는 듯했다. 온천에 몸을 담그고 모락모락 올라오는 김을 바라보며 지난 사흘을 돌이켜 보았다. 정신이 흐트러지지 않고 규모 있게 말하고 행동한 것이 내가 생각해도 신통하기 그지없었다. 아버지를 떠나면 나도 정상이 될 수 있구나.

남편이 온양으로 거둥하자 대조는 기다렸다는 듯이 세손을 경희궁으로 불렀다. 숭현문에서 대신들을 소대召對할 때 세손이 보고 싶다고 했다.

"세손이 다른 궁에 산 지 오래라서 때로 눈물이 나며 생각이 난다. 내일 데리고 와서 보고자 한다."

이튿날 아들 세손이 경희궁으로 가서 대조를 진현進見했다. 대조의 얼굴에는 반가움이 가득했다. 저녁 무렵 대조가 하교했다.

"오늘 세손을 머물러 자게 하려고 했으나 창덕궁에는 빈궁만 있으니 세손을 위해 효도의 도리를 지도하는 뜻에서 돌아가 어머니를 보도록 해야겠다."

나는 남편도 아들도 없이 외로운 밤을 보내나 싶었는데 대조의 배려로 세손이 돌아와 고마운 마음이 들었다. 내가 남편의 아내로만 있었으면 대조는 남편과 함께 나도 꺼리며 미워했을지 모른다. 하지만 세손의 어미이기에 세손을 위하는 마음의 한 조각이라도 나에게 베풀어주었다. 남편을 잘못 배필

하고 있다고 대조가 호되게 꾸짖을 때는 서러워 울기도 많이 했지만, 한편으로 남편 때문에 얼마나 고생하는지 알고 있다고 다독여줄 때는 감읍하지 않을 수 없었다.

조정의 일들은 부친과 다른 친척들, 대신과 관원들, 친한 내관이나 상궁 등 여러 경로를 통해서 귀에 들어왔다.

남편이 온양으로 떠나고 나서 대조가 세손에게 더욱 관심을 기울인다는 소문이 들렸다. 대조의 마음이 남편에게서 세손에게로 기울어진 것은 아닌가 생각이 들 정도였다.

대조가 경현당에 나가서 야대夜對했다. '야대'는 임금이 밤중에 신하들을 불러 고금의 경전들을 논하는 모임이었다. 대조는 경전 중에도『중용』『시경』『숙야잠』을 즐겨 읽고 강학했다. 그즈음은 신하들에게『숙야잠』을 읽고 외우라고 많이 권했다.『숙야잠』또는『숙흥야매잠』夙興夜寐箴은 '숙흥', 즉 새벽에 일어나서 '야매', 즉 밤에 잠들기까지 하루를 어떻게 보람 있게 보낼 수 있는지에 관한 잠언집이다.

대조는 야대에서『숙야잠』을 읽으며 말했다.

"이 글을 지은 이는 도를 아는 자다. 국행심득躬行心得, 즉 몸으로 행하여 마음으로 얻은 것이 없으면 이와 같은 말을 어찌할 수 있겠느냐."

시독관 심이지가 대조의 『숙야잠』 소감에 대해서는 언급하지 않고 세손 보도補導 문제를 꺼냈다.

"왕세손이 바야흐로 어린 나이에 있으니 보도하는 방법을 조심스럽게 궁구해야 할 것입니다. 내관 중에서 충직하고 순전하고 성실한 자를 골라서, 한가로이 있을 적에 공교한 물건들을 보이지 않도록 해야 할 것입니다. 이것이 보도의 중요한 도리일 것입니다."

남편이 어린 시절을 저승전에서 보내면서 공교한 기구와 물건들을 가지고 놀이에 열중했던 사례를 염두에 두고 하는 말이었다. 소조가 어린 시절에 교육을 잘못 받아 지금 저렇게 되지 않았느냐, 세손만은 그러지 않도록 주변 사람들을 잘 두어야 한다는 간언인 셈이었다.

대조가 응답했다.

"나의 학문이 진실로 세손을 지도해 가르칠 수 없으나 강독하는 신하들에게는 바라는 바가 깊다. 여러 신하들이 이미 명을 받아 강독하고 있으니 세손을 보도하여 현철의 경지에 이르도록 하지 못하면, 맑은 구슬을 받아 티끌 속에 던지는 것과 무엇이 다르겠느냐. 오늘밤에 내가 글을 써서 세손에게 보이고자 하니 내일 이 글을 세손궁에 가지고 가서 입대入對하여 강독하는 것이 마땅하다."

심이지는 그 글을 가지고 가서 세손과 문답을 나누고 그 내용을 자세히 대조에게 아뢰었다.

"신이 입직관 박성원과 더불어 근독합謹獨閤에 들어가 보니 세손이 한가운데 서안을 마련하고 서 있다가 전하의 글을 꿇어앉아 받았습니다. 신이 '익우'益友와 '손우'損友에 대해 물으니 세손은 익우는 좋은 것이라고 답했습니다."

'익우'와 '손우'는 『논어』「계씨편」에 나오는 문구로, 공자께서 유익한 벗인 익우 셋과 해로운 벗인 손우 셋에 관해 말씀했다.

"정직한 사람, 성실한 사람, 박학다식한 사람과 벗하면 유익하고, 편벽된 사람, 굽실거리는 사람, 빈말 잘하는 사람과 벗하면 해롭다."

대조는 공자의 말씀을 되새기며 심이지에게 반문했다.

"익우가 좋다고 답을 했다?"

대조는 빙긋이 미소를 지으며 심이지의 다음 말을 기다렸다. 심이지는 전날 근독합에서 나눴던 익선 박성원과 세손의 문답을 아뢰었다.

심이지와 동행한 박성원이 세손에게 물었다.

"대조의 글 중에 '나라의 흥망이 오로지 너에게 달려 있다'는 문구가 있는데 어떻게 하면 흥하고 어떻게 하면 망합니까?"

세손이 답했다.

"착하면 흥합니다."

"어떤 일이 착합니까?"

"오직 효도가 착합니다."

"효도라면 뜻을 기르는 것과 말을 가다듬는 것이 서로 다른데 어떤 효도를 하시려 합니까?"

"뜻을 기르는 것이 큽니다."

"대조께서 합하閤下에게 무슨 도를 바라십니까?"

'합하'는 정일품 관직에 대한 경칭이다.

"뜻을 기르는 효도를 바라십니다."

"지난번에 합하께서 경희궁으로 오실 때 합하를 구경하려고 백성들이 구름같이 모였는데 백성들이 합하에게 바라는 것이 무엇이겠습니까?"

"인도仁道를 바라는 것입니다."

대조는 박성원과 세손의 문답을 보고받고 흐뭇한 기색을 감추지 못했다.

'나라의 흥망이 오로지 너에게 달려 있다'는 대조의 글은 심장한 뜻을 지니고 있었다. 굳이 '오로지'를 적어넣은 데는 대조의 결연한 의지가 담겨 있는 셈이었다.

나는 세손에게 써준 대조의 글에 그런 문구가 있다는 얘기를 듣고 온몸이 떨려왔다. 아, 정녕 대조의 마음은 소조를 떠났구나. 남편은 그 사실도 모르고 온양 거둥에 들떠 있을 것이었다.

남편이 온양에서 환궁한 이후에도 나는 세손에게 기울어진 대조의 말과 글을 더욱 자주 접하게 되었다. 남편은 예문관 검열이나 승정원 주서 같은 사관에게 명하여 대조가 경연에서 문답한 내용을 써서 가지고 오게 했다. 실록에 실리기 전의 사초史草를 가져오라는 것인데 법도에 어긋나도 한참 어긋나는 일이었다.

그 사초에는 대조가 세손을 사랑하고 칭찬한 내용들도 있었고 '나라의 중책을 세손에게 맡기려 하노라' 같은 문구들도 있었다. 그걸 남편이 보게 되면 아들까지도 시기하여 아들을 어떻게 할지 모른다는 걱정이 내 마음을 눌렀다.

내가 내관을 시켜 사관이 가져오는 글에서 그런 문구들은 빼거나 고쳐서 남편에게 전하라고 했다. 그 일로 부친과 의논하니, 부친은 아예 사관들이 글을 써올 때부터 그런 문구들은 빼도록 조치했다. 그런다고 남편이 눈치채지 못할 사람이 아니었다. 남편도 대조가 자기 대신 세손을 세우려고 한다는 것을 여러 방면에서 감지하고 있었을 것이었다. 세손을 세운다는 것은 남편에게는 죽음을 의미한다는 사실도 예감하고 있었을 터였다.

나도 마음을 독하게 먹지 않으면 안 되었다. 어찌해서든지 세손을 보존하는 쪽으로 마음을 굳혔다.

남편이 온양에서 돌아오기 나흘 전, 부친은 익선 박성원이 세손에 관해 대조에게 상소한 내용을 알려주었다. 박성원의 문장이 명문장이라 대조도 감탄했다고 했다. 부친이 요약하여 건네준 글을 보니 과연 천하에 다시없을 문장이라 나는 『숙흥야매잠』을 외듯이 되풀이해 읽으며 마음에 새겼다.

세손을 어떻게 지도해야 할 것인지 모든 지침이 담겨 있다고 해도 과언이 아니었다. 대조에게 권면하는 내용이긴 하지만 어미인 나에게도 세손을 칭찬한 대목들만 빼면 보석 같은 좌우명이 될 만했다.

　"무엇보다 몽양蒙養의 방도는 옛글을 외고 읽는 것으로 그쳐서는 안 되고, 중요한 것은 한 마디 말이나 한 가지 행동이라도 진중하게 삼가는 데 있습니다."

　"신 등이 항상 '안에 있을 적에도 밖에 있는 것과 같이하고 그윽한 곳에 있을 적에도 드러난 곳에 있는 것과 같이하라'는 뜻으로 거듭거듭 우러러 당부했으니 영명한 성품으로 소홀히 듣지는 아니하셨을 것입니다."

　"전하께서는 한가한 때나 새벽과 저녁에 항상 세손 곁에 계시면서 거듭 가르치시고, 공부한 글을 간추려보거나 옛 어른들의 고사를 외워 말씀하시거나 아침저녁 진강進講하는 자리에 세손을 참석하게 하여 세손이 가정에서 배우는 시간이 홀로 있는 시간보다 많도록 해야 합니다."

　이런 간곡한 박성원의 상소를 듣고 대조께서 비답했다.

　"어린아이를 부탁하여 억만 년 기초가 되기를 바라는 바,

강관講官을 고르고자 한다면 그대 말고 누구를 먼저 택할 것인가? 진달한 상소의 글자마다 정성스럽고 문구마다 절실하여 깊이 가상히 여긴다. 박성원은 어찌 『소학』 가르치는 일에만 한정하겠는가? 그가 비록 오래 맡는 것이 어려울지라도 강학의 책임을 이 사람에게 부탁하는 것이 마땅하다."

그러면서 한마디 덧붙였다.

"박성원이 이에 이른 것은 또한 세손의 덕이다. 그렇지 않았다면 향리의 일개 문관에 불과했을 것이다."

나는 세손이 앞으로 훌륭한 군주가 된다면 익선 박성원의 공이 클 거라는 생각이 들었다.

마침내 남편이 온양에서 직산, 진위, 과천을 거쳐 창덕궁으로 돌아왔다. 무사하게 돌아온 사실이 감격스러우면서도 앞으로 일어날 일들을 생각하니 마음이 무거웠다.

남편이 환궁하자마자 대조에게 문안을 드리겠다고 했으나 거절당했다.

"소조가 문안하겠다고 하령한 것은 진실로 도리에 합당하다. 하지만 온천에 목욕하고 여러 날을 달려왔으니 여기 와서 하루를 마무리하면 몸에 무리가 갈 것이다. 얼마 있지 않아 또 만날 것이니 오늘은 바로 돌아가서 휴식하도록 하라. 군사들도 여러 날 수고했으니 일찍 파하여 보내면 내 마음이 편하겠다."

남편은 온양 거둥 때도 대조가 나와보지 않고, 돌아와서도 문안 인사를 받지 않겠다고 하여 좀 울적한 표정으로 귀가했다. 나는 남편의 심기를 건드리지 않으려고 신경 쓰며 온양 거둥시의 일들을 칭찬해주었다.

"온천 행궁에 머무르실 때 밤에 군마가 탈출하여 전답을 훼손한 적이 있었다면서요. 그때 말을 맡은 군사는 곤장으로 다스리고 밭주인에게는 쌀 한 섬으로 갚아주셨다고 들었어요. 돌아오시는 길에 직산에서 밭들이 태반이나 버려져 있는 걸 보고 너무도 불쌍한 생각이 들어 전세田稅를 면제해주셨다면서요. 백성들이 크게 감동했겠어요. 또 꽹과리 치며 억울한 사정을 고하는 격쟁도 일일이 들어주시고."

남편은 내 말을 듣는 둥 마는 둥 하고 무슨 생각에 골몰해 있었다. 궁궐을 나가 대조를 떠나 있을 때는 의젓한 소조로 행세하다가 이제 궁궐 안으로 들어오니 벌써부터 답답한 모양이었다.

"온양을 다녀왔으니 이제는 황해도 평산이나 가볼까."

하지만 대조가 평산 거둥을 허락할 리가 없었다. 남편도 사실은 평산의 '평' 자도 꺼내지 못했다.

춘방관 신하들은 남편에게 대조 문안을 가보시라고 수차례 권했다. 하지만 남편은 환궁하던 날 문안을 거절당해서 그런지 신하들의 권유를 따르지 않았다. 대조가 따로 부를 때까지 버틸 작정인 듯했으나 그걸 알고 있는 대조가 먼저 부르지도 않을 것이었다. 중간에서 춘방관들과 나만 속이 탔다.

제6일

이제 의식이 점점 가물가물해진다. 먼 등잔처럼 가물거리다가 꺼지고 다시 희미하게 되살아난다. 바람에 촛불이 일순간 꺼진 듯하다가 바람이 지나간 후 슬그머니 고개를 드는 것처럼.

몸이 말라버렸는지 소변도 대변도 나오지 않는다. 죽음이 빨리 이불처럼 나를 덮었으면 좋겠다. 죽음에 대한 공포도 스러져 버렸다. 공포라는 것도 의식의 힘이 있을 때 비로소 기능한다. 죽음의 순간에는 죽음에 이르기까지의 고통만큼이나 강한 희열이 몰려온다고 했던가.

내가 읽은 도교 경서 어느 곳에도 죽음을 공포의 대상으로 말하지 않았다. 죽음은 얼마든지 이길 수 있는 대상이라고 했다. 죽음을 보지도 않고 비승飛昇하여 신선이 된 선인들.

나도 그럴 수 있을까. 선계의 천인들이 하늘에서 내려와 뒤주에 갇힌 나를 에워싸고 승천하는 일이 일어난다면, 그래서 뒤주를 열었을 때 내 시신이 없다면 무슨 사달이 날 것인가.

뒤주를 지켰던 군사들과 금위대장과 훈련대장, 어영대장의 목이 달아날 것이다. 누가 뒤주 천판의 대못을 뽑고 동아줄을 풀어 나를 도망가게 했느냐고 국문하는 가운데 조정은 또다시 피바다가 될 것이다.

육신의 옷을 잠깐 벗어두고 외출했다는 달마 스님처럼 나도 잠시나마 육신을 벗고 뒤주를 벗어나 산천을 누비고 싶다. 죽음이 육신의 옷을 벗는 것이라면 죽더라도 혼령은 살아서 원하는 어디든지 날아가 볼 수 있을 것인가.

화평옹주가 죽어서도 혼령으로 아내 곁에 한동안 머문 것처럼 내 혼령도 내가 사랑했던 여인들 곁에 머물 수 있을까. 두 아들 은언군 이인과 은신군 이진을 낳아준 양제 임씨, 세손 이산을 낳아준 세자빈 홍씨를 혼령이 안아볼 수 있을까. 은전군 이찬을 낳아준 빙애는 이미 죽었는데 혼령끼리는 어떻게 만나는 것인가.

혼령이라는 거, 극락이라는 거, 사람들이 죽어서 완전히 없어진다고 하면 너무 서운하니까 위로 삼아 지어낸 말들이 아닐까. 그런데 아내가 화평옹주의 혼령을 보고, 내가 뇌성보화천존의 신령을 본 것은 무엇일까. 아내와 내가 스스로 머릿속에서 지어낸 환상인가.

혼령이 없다면 왕실 혼전이나 종묘, 수도 없이 드리는 제사들은 무슨 의미가 있는 것인가. 죽은 자들을 위한 의례가 아니라 산 자들을 역대歷代의 조상들과 묶어놓기 위한 수단이 아닌가.

죽은 자들을 어떻게 보내야 하느냐, 어떤 장례에는 어떤 상복을 입어야 하느냐, 무문흑단령을 입어야 하느냐 천담복을 입어야 하느냐, 오사모와 흑각대는 착용해야 하느냐, 패옥을 뒤로 늘어뜨려야 하느냐, 제사에 음악을 사용해야 하느냐, 국상 기간은 얼마로 해야 하느냐 등 장례와 상복, 제사 문제로 끝도 없이 논쟁하고 쟁투하고 당파를 만들어온 왕실이었다.

내가 죽고 나면 나와 같은 죽음은 전무후무하니 어떻게 장례를 치르느냐 하는 문제로 다시금 격론이 벌어질지 모른다.

조선 왕조는 임금과 임금의 가족, 종신, 척리, 대신, 신하의 연이은 죽음을 감당하느라 지칠 대로 지쳐왔는데 또 유별난 죽음 하나를 감당할 처지가 되었다. 초상이 끊이지 않는 조정에서는 신하들이 흰 상복을 벗는 날이 드문 편이어서 궁궐 뜰은 항상 눈으로 덮인 듯했다. 그래서 옷을 입기 힘든 나는 용포 안에 늘 상복인 생무명 중단中單을 입고 있어야만 했다.

아버지가 나를 뒤주에 넣기 전에 그 생무명 중단을 보고, 아비가 빨리 죽기를 바라고 상복을 입고 있느냐고 힐책한 것도 무리가 아니다. 일흔이 내일모레인 아버지가 언제 갑자기 훙서할지 모르는 일이고, 그러면 내가 입고 있던 생무명 중단이 상복으로 바뀌게 되었을 것이다. 하지만 이제 나를 위해 아버지가 상복을 입을지언정, 내가 아버지를 위해 상복을 입을 가능성은 거의 없다.

정성왕후와 인원왕후가 한 달여 간격으로 승하하자 나는 법통 모친인 정성왕후를 위해 삼년상 상복을 입고 있어야 했고, 아버지는 법통 모친인 인원왕후를 위해 상복을 입고 있어야 했다. 둘 다 모친상을 당한 셈이어서 그 무렵은 나를 대하는 아버지의 태도가 이전 같지 않게 다소 유순해졌다.

이듬해 정월 둘째 딸 화순옹주마저 남편을 따라 세상을 떠나자 아버지는 더욱 상심했을 것이었다. 다음 달 이월에 아버지가 숭문당으로 와서 나를 불렀다. 두 달여 만에 보는 아버지의 얼굴은 자못 수척해 보였다. 아버지는 처음에는 이전과 같이, 왜 그동안 문안 인사가 없었느냐부터 시작해서 몇 가지 일로 나를 나무랐다.

"그간 너에 대해 이상한 소문들이 돌던데 무슨 일을 했는지 바로 아뢰라."

나는 둘러댈 수도 있었으나 아버지 앞에만 서면 벌거벗겨지는 느낌이었다.

"심화心火가 나면 견디지 못하여 사람을 죽이거나 닭과 짐승들을 죽여야 마음이 풀립니다."

"어찌하여 그리하느냐?"

"마음이 상하여 그리했습니다."

"어찌하여 마음이 상했느냐?"

"사랑하지 아니하시므로 섧고, 꾸중하시기에 무서워 심화가 되어 그렇습니다."

"내가 이제는 그리하지 않겠다."

아버지에게서 이런 대답을 들어본 적이 없어 처음에는 잘못 들었나 싶었다. 아버지 때문에 내가 망가지고 있다는 것을 아버지도 인정한다는 말인가. 내가 놀라며 아버지 얼굴을 다시금 올려보았다. 두 눈이 촉촉이 젖어 있고 연민의 기색이 어려 있었다. 나도 가슴이 사뭇 저려왔다.

아버지가 낙선당 관희합觀熙閤으로 돌아가고 나서 아내를 불러 어떤 대화를 나누었는지 전해주려 했다. 그런데 아내가 오히려 먼저 아버지와 자기가 나눈 대화를 들려주었다. 아버지가 관희합으로 가면서 아내가 있는 경춘전에 들렀다고 했다.

아버지가 아내에게 물었다.

"내가 사랑해주지 않아서 세자가 심화가 생겼다고 하는데 그 말이 옳으냐?"

아내 역시 이런 의외의 말을 아버지에게서 갑자기 듣게 되자 감읍했다.

"그렇다뿐이겠습니까. 어려서부터 자애를 입지 못하여 한 번 놀라고 두 번 놀라 심병이 되어 그러하옵니다."

"마음이 상하여 그리하였다 하는구나."

"마음이 상한 일들을 어찌 다 말할 수 있겠습니까. 은혜를 드리우시면 그러지 아니하오리다."

아내는 흐르는 눈물을 주체하지 못했다. 아버지의 표정이 한껏 풀어지며 자상스러워졌다.

"그러면 내가 그리한다 하고, 잠은 어떻게 자며 밥은 어떻게 먹는지 내가 묻는다고 하여라."

"오죽 좋겠습니까. 이리해서 그 마음 잡게 하오시면."

아내는 절을 하며 두 손을 모아 비는 시늉을 했다. 그 모습이 안쓰러웠던지 아버지는 미간을 잠시 모았다가 너그러운 어조로 말했다.

"그리하여라."

아내는 아버지와 그런 대화를 나누고 그런 모습을 뵌 것이 마치 꿈만 같다고 했다. 아내는 그날 무인년 이월 이십칠일을 잊을 수 없을 거라고 했다.

그러면서 나에게 슬쩍 핀잔을 주었다.

"어찌 묻지도 않으신 사람 죽인 일까지 말했습니까? 스스로 저리 말씀하시고 나중에는 남의 탓을 하시는데 답답하지 않으십니까?"

"알고 물으시니 다 말해야지."

"이제 이런 말씀들을 들었으니 이후로는 부자간이 행여 나아지지 않겠습니까?"

아내가 부자간 운운하자 나는 그만 다시 심화가 스멀거려 버럭 화를 내고 말았다.

"사랑받는 며느리라 그 말씀을 곧이곧대로 다 듣는가. 방금 부인도 아버지가 이 말 했다가 나중에는 다른 말 하신다고 하지 않았소? 오늘도 일부러 하신 말씀이니 믿을 게 없소. 이제는 사랑하신다 했으나 결국은 내가 죽고 말 것이오."

나는 나도 모르게 나의 죽음을 예고했다. 아버지가 나를 이해하는 듯 말하고 인자한 표정까지 지어보인 그날에, 나도 잠시 감격했던 바로 그날에, 나는 아버지의 사랑과 죽음이 동전의 양면처럼 서로 붙어 있음을 예감했다.

아버지가 나를 감격케 했다가, 아니 아버지가 나로 인해 감격했다가 다음 순간 나를 나락으로 떨어뜨린 사례들이 한두 가지가 아니었다. 내가 대리청정을 잘 하지 못한다는 대신들의 상소가 있다는 말을 듣고 오 년 전 승정원에 하령한 적이 있다. 일종의 반성문이었다.

"나는 불초불민不肖不敏한 사람으로 효심이 천박하여 문안하는 일과 수라상을 직접 살피는 시선視膳의 예절을 이미 때

맞추어 하지 못하였고, 두 분 혼전의 제향도 정성을 다하지 못하였으니 자식된 도리에 진실로 어긋남이 많았다. 이것이 누구의 과실이겠는가? 바로 나의 불초다.

대조께서 앞에서 뒤에서 거듭 간곡하게 훈계하심은 진실로 자애로운 거룩한 뜻과 사물에 부응하는 지극한 가르침에서 나온 것인데, 나의 불초불민으로 만분의 일도 우러러 받들지 못했다. 작년 오월 책망하신 말씀도 역시 제대로 실천하지 못했다.

생각이 이에 이르니 황공하고 부끄럽기가 갑절이나 되어, 비록 땅속으로 들어가고 싶으나 그럴 수도 없다. 강학을 돈독하게 하지 못하고 정사에도 부지런하지 못한 지경에 이르러서는 어느 것도 나의 허물이 아닌 게 없다.

어제 두 대신이 반복해 진면陳勉함으로 더욱 나의 불초불민을 깨달았다. 두렵고 송구스러워 후회막급이다."

승지 남태저가 나의 승정원 하령을 대조에게 들고 가겠다고 청한 후에 저녁 내내 합문 밖에서 기다렸다. 하지만 끝내 입시하라는 하교가 없었다. 마침 그때 남태저가 청해백의 화상畫像을 가지고 들어갈 일이 생겨 비로소 대조를 면대하여 나의 하령을 올릴 수 있었다.

청해백 연령군 이지란은 개국공신으로 사당 배향配享을 받았다. 아버지는 청해백의 제사를 늘 챙기도록 했고 이날 남태저가 들고 간 청해백의 화상을 보고 그의 후손인 이연오를 등용하라고 명했다.

아버지는 나의 하령을 남태저에게 읽도록 했다. 남태저가 다 읽고 나자 아버지가 무릎을 치며 경탄했다.

"기특하고 기특하다. 조선이 흥하겠구나! 비록 은나라 탕왕의 손자 태갑太甲이 허물을 뉘우쳤다 해도 이보다 낫지 않을 것이다. 내가 동짓날 반포한 윤음綸音보다도 낫다. 지금 양기가 회복되는 양복陽復일 즈음에 이러한 하령이 있으니, 땅속에서 올라오는 어떤 양기보다 낫다. 마땅히 빨리 반포하되 그 과실은 드러내지 말고 그것을 능히 고쳤다는 것을 드러내게 하라."

그러고는 전교를 쓰라고 명했다.

"아! 백발 머리 늙은 나이에 추모하는 마음이 갑절이나 되는 중에 밤낮으로 마음이 안정되지 못했다. 삼백 년 종사를 조종祖宗의 혼령이 묵묵히 도와주시고 하늘이 복을 내려 승지가 소조의 하령을 가지고 들어와서 아뢰었다. 실로 만만 번 상상 밖의 일이다. 이 기회를 그냥 넘길 수는 없다.

아! 내 눈과 귀 역할을 하는 대신들이 지금에 이르러서도 역시 전과 같이 참는 마음으로 머뭇거리겠는가? 이게 누구의 힘인가? 곧 나의 귀중한 대신들의 힘이다."

아버지는 나를 불러 유시諭示하겠다면서 대신과 신하들을 입시하라 명했다. 특히 나의 장인 홍봉한을 입시하라고 했다.

아버지가 먼저 나를 오라 하여 물었다.

"자고로 허물을 뉘우치는 임금은 한나라 무제의 윤대輪對 조서처럼 반드시 자기가 잘못한 바를 밝힌 다음에야 백성이 모두 믿을 것인데, 지금 네가 뉘우친 것은 어떤 일이냐?"

'윤대조서'는 무제가 윤대라는 서역의 작은 나라에까지 원 정하여 백성들을 피폐하게 한 것을 뉘우친다는 내용이었다.

나는 아버지가 윤대조서까지 언급하며 윽박지르듯이 묻자 또 기가 눌리고 말았다. 속으로, 이미 하령문에 내가 어떤 일 을 뉘우치는지 다 적어놓지 않았습니까 하고 반문만 하고 있 었다.

"왜 빨리 대답하지 못하느냐? 무엇을 뉘우쳤다는 것이냐?"

"그건 저… 문안하지 않은 일과 시선하지 않은…"

결국 나는 말을 얼버무리고 말았다.

"시원하게 밝히지 못하는 것을 보니 진정으로 뉘우친 게 아니구나. 말로만 뉘우친다고 했구나."

그날 밤 판부사 유척기, 좌의정 김상로, 우의정 신만, 좌참찬 홍봉한 등 여러 신하가 입시 명을 받고 대궐 안에서 기다리고 있었다.

초경에 아버지가 상복인 최복을 입고 걸어서 숭화문 밖으로 나와 땅바닥에 엎드려 곡을 했다. 나도 곧 따라가 역시 최복을 입고 아버지 뒤에 엎드렸다. 숭화문은 인원왕후 혼전인 효소전孝昭殿 바깥문이었다.

나의 하령에 감격했다던 아버지가 갑자기 돌출 행동을 하자 어리둥절해진 대신과 신하들이 나아가 엎드려 울면서 고했다.

"전하께서 어이하여 이러한 거조擧措를 하십니까?"

"승지가 소조 동궁의 하령을 가지고 와서 아뢰었는데, 뉘우쳐 깨달았다는 말을 얼핏 보고는 놀라고 기쁨을 금치 못했다. 경들을 불러 자랑하고 칭찬하려 했으나 자세히 보니 정신을 집중한 대목이 없었다. 그래서 동궁을 불러 한나라 무제의 윤대조서와 비교하면서 물었다. '지금 네가 뉘우친 것은 어떤 일이냐?'고 했으나, 동궁이 대략만 말하고 끝내 시원하게 대답하지 못했다."

신하들이 일제히 같은 소리로 아뢰었다.

"동궁께서 평소에 너무 경외하는 까닭에 우러러 말씀 드리지 못한 것입니다. 삼가 바라건대, 빨리 궁으로 들어가시어 신들을 불러 조용히 하교하소서."

하지만 아버지는 효소전에 나아가 승지에게 전위傳位한다는 교지를 쓰라고 명했다. 승지가 붓을 내려놓으며 아뢰었다.

"죽어도 감히 못 쓰겠습니다."

아버지는 신하들에게 따라 들어오라 명하고 다시 나를 불렀다. 내가 나아가 엎드리자 아버지가 말했다.

"네가 이미 후회막급이라고 썼는데, 그 뉘우쳤다는 일을 말하지 않으니 사람들의 눈과 귀를 가린 것에 불과하다."

나는 또 속으로, 그 일들을 말하지 않았습니까라고 반문하며 엎드려 울고만 있었다.

유척기가 말했다.

"자제를 가르치는 데는 귀천에 차이가 없으므로 시험 삼아 여항閭巷의 일을 가지고 말씀드리겠습니다. 부형이 만일 엄위가 지나치면 자제가 두려워하고 위축됩니다. 가까이 모시는 동안에 언어가 저절로 틀어져서 어긋날 수밖에 없고 심지어 질병으로 발전되기까지 합니다. 만일 자애와 온화를 위주로 도리를 열어 깨우쳐준다면 은혜와 의리가 둘 다 온전하여지고 감정과 의지가 서로 붙들어줄 것입니다. 지금 전하께서는 엄위가 너무 지나치시기 때문에 동궁이 늘 두렵고 위축되어 응대하는 즈음에 머뭇거릴 수밖에 없습니다. 삼가 바라건대, 이제부터는 심기가 화평하도록 힘쓰시고 만일 지나친 잘못이 있으면 조용히 훈계하여 차츰 젖어들도록 이끌어주신다면 하루 이틀 사이에 자연히 나아져가는 효험이 있을 것입니다."

신만이 거들었다.

"가르쳐 깨우치게 하는 도리는 비유하자면 의원이 약을 쓰는 것과 같을 것입니다. 어찌 한 첩의 약으로 효험을 기대할 수가 있겠습니까? 그치지 않고 연달아 복용해야만 자연히 차도가 있을 것입니다."

나의 장인 홍봉한도 한마디 아뢰었다.

"동궁께서 평소에도 입시하라는 명만 들으면 두려워서 벌벌 떨고 비록 알고 있는 쉬운 일이라도 즉시 대답하지 못하는 것은 대개 대조께 기뻐함을 얻지 못하고 너무 엄위한 데서 연유한 것입니다."

내가 어전을 물러나와 뜰로 내려가다가 그만 까무러져 일어날 수가 없었다. 유척기가 급히 의관을 불러 진맥하도록 했다. 그런데 맥도가 통하지 않아 약을 넘기지 못하여 청심원을 복용하게 했다. 한참 있다 내가 겨우 입을 열어 말을 할 수 있게 되었다. 장인이 수레 담당 사복시司僕寺의 가교에 나를 태워 안으로 들게 하자고 주청하니 아버지가 허락했다.

아버지가 나의 승정원 하령을 얼핏 보고 감격했다가 자세히 보고는 정성을 의심하게 되었다고 하니 기가 막히고 말문이 막혀 내가 혼절하고 만 모양이었다.

나의 승정원 하령을 아버지가 직접 본 것도 아니고 남태저에게 읽으라고 했고, 다 듣고 나서는 감격스런 마음을 말로 표현했고, 또 글로 쓰게 하여 전교를 남기기도 했다. 그렇다면 아버지가 얼핏 본 것도 아니고 처음부터 자세히 보고 들은 셈이었다. 그런데 한나절도 지나지 않아 마음이 바뀐 이유는 무엇일까.

대신들과 신하들에게 나를 자랑하고 칭찬했다가 내가 또 잘못을 범하면 망신을 당할까 싶어 저어한 것인가. 하긴 나도 반성문을 쓰긴 했지만 반성한 대로 실천할 수 있을지 자신이 없기도 했다. 아무리 그래도 최복을 입고 대왕대비 혼전 앞에 엎드려 왕위를 내어놓겠다고 또 엄포를 놓다니.

대신들이 나를 위해 변명해준 말들도 자괴감에 빠지게 했다. 특히 좌의정 김상로는 나의 무능을 질책하는 차자箚子를 나에게 직접 올린 적도 있었다. 그 차자를 읽고 나도 아버지처럼 대리청정이고 뭐고 다 때려치우고 싶은 심정에 휩싸일 수밖에 없었다.

칠 년 전 을해옥사로 봄철에 오백여 명이 처형된 그해 구월, 유난히 번개와 우레가 자주 있었다. 가을과 겨울의 번개와 우레는 상서롭지 않은 징조라 하여 번개와 우레가 있으면 어김없이 승정원에서 경계의 상소가 올라왔다.

"아! 이 달은 우레가 소리를 거두는 계절인데 큰 우레가 치고 비가 오는 것이 한여름과 다름없어 농사를 망치고 팔도에 흉년이 들었습니다. 저하께서는 오늘날을 어떤 시절이라고 여기십니까? 저하께서 대리하신 이후 정사에 부지런한 마음이 없지는 않으셨으나 빈연賓筵의 인접 자리를 비우기도 하여 정사에 부지런한 실제가 드러나지 않았습니다. 학문에 돈독히 할 뜻을 두지 않은 바는 아니나 강석講席을 수시로 정지하여 학문에 부지런한 실제가 들리지 않았습니다."

승정원은 교묘하게도 '비불'非不, 즉 '하지 않은 것은 아니나' 식으로 나의 심기에 신경을 쓰면서도 할 말은 다 하고 있었다. 하지만 같은 날 올라온 김상로의 상소에는 '비불'조차도 없었다.

"저하께서는 나이가 창창하여 대리청정을 하신 지 칠 년이 지나도록 천심이 응할 만한 무슨 정사가 있으며, 성상의 맡기신 바에 부응한 일이 무엇이 있으며, 사방 백성이 바라는 바에 답할 만한 조치를 베푼 것이 무엇이 있습니까? 저하의 몸이 편치 못할 때가 많았으니 철따라 몸조리하는 방도를 다 했다고 할 수 있겠습니까? 한결같이 말씀을 너무 하지 않으시니 감정과 의지가 막힌 바가 없다고 할 수 있겠습니까?

서연을 열고도 빠진 적이 많으니 전학에 힘썼다고 말할 수 있겠습니까? 정사에 응함이 점차 처음만 못하니 정사에 부지런했다고 하겠습니까? 연석에서 아뢴 것과 상소문에 받아들일 만한 충성스러운 말들이 있는데도 단지 '유의'留意, '체념'體念으로만 비답했으니, 흔쾌히 받아들여 힘껏 행한 실효가 있다고 할 수 있겠습니까?"

김상로는 내가 칠 년 동안 대리청정하면서 해놓은 일이 뭐가 있느냐고 질책하여 나의 자존심을 깡그리 무너뜨렸다. 그에 앞서 김상로는 먼저 상소를 올려 자신은 좌의정 자리를 사직하고 시골로 내려가겠다고 했다. 아버지는 간곡하게 김상로를 말리면서 사직을 반려했다. 김상로는 자신이 물러나기보다 나를 더 사직시키고 싶었을 것이다.

나를 늘 못마땅하게 여기는 아버지와 대신들 사이에서 따돌림을 당하며 사느니 차라리 대궐을 떠나든지 자진해버리는 것이 낫지 않은가 하는 생각이 들다가도 이대로 물러날 수 없다는 오기가 발동했다.

아들 세손이 태어날 때 남편은 용이 날아오르는 꿈을 꾸었다면서 벽에 용 그림을 그리기도 했지만 정작 남편이 태어날 때는 뚜렷한 태몽이 없었다고 한다. 남편이 왕이 되지 못하고 대신 아들이 왕이 될 거라는 징조였던 모양이다.

희한하게도 내가 태어나기 전날 밤 부친은 흑룡이 어머니 방으로 들어와 천장에 머무는 태몽을 꾸었다. 그래서 아들을 기대했으나 딸이 태어나는 바람에 부친은 몽조가 맞지 않다며 의아해했다. 왜 하필 청룡도 아니고 백룡도 아니고 흑룡이었을까. 흑룡은 흉조일 수도 있고 길조일 수도 있다.

태조대왕이 조선을 개국하기 전에 한 꿈을 꾸었다. 꿈속에서 어느 사람이 말했다.

"나는 백룡입니다. 지금 모처에 있는데 흑룡이 나의 거처를 빼앗으려고 하니 공公이 구해주십시오."

이성계 장군이 잠에서 깨고 나서 꿈에 별로 관심을 두지 않았다. 그러자 백룡이 또 꿈에 나타나 간절히 청했다.

"공은 어찌 내 말을 새겨듣지 않습니까?"

그러면서 자기를 구해야 할 장소와 날짜까지 말해주었다. 그제야 이성계 장군은 꿈에 지시받은 대로 그날이 되어 활과 화살을 가지고 갔다. 구름과 안개가 잔뜩 몰려와 어두컴컴한 가운데 백룡과 흑룡이 못 안에서 무섭게 싸우고 있었다.

이성계 장군이 흑룡을 향해 화살을 쏘았다. 화살 한 개가 흑룡에게 명중하자 흑룡이 꼬꾸라져 못에 잠겼다.

백룡이 꿈에 나타나 사례했다.

"공의 큰 경사는 장차 자손에게 있을 것입니다."

흑룡이 죽어 못에 잠겨서 그런지 비가 오지 않을 때 '북방 흑룡 기우제'를 지냈다. 북문은 열어놓고 남문은 닫아놓은 채 북쪽에 흑룡 형상을 만들어놓고 기도를 올렸다. 호랑이 형상을 만들어 그 머리를 한강을 비롯한 여러 강물에 담그는 '침호두'沈虎頭를 행하기도 했다.

흑룡이 흉조이면서 길조이듯이 내 인생도 돌아보면 극도로 흉한 일과 길한 일이 자수의 색실들처럼 서로 꼬여 이어진 셈이다. 내가 세자빈으로 간택될 때도 이 일이 길한 일인지 흉한 일인지 분간하기 힘들었다. 부모도 마찬가지인 듯했다.

내가 아홉 살 때 세자빈 간택 단자單子를 올리라는 봉단령

奉單令이 반포되었다. 전국에는 세자의 혼례시까지 혼인을 금한다는 금혼령禁婚令이 내려졌다.

부친이 간택 단자를 올리려 하자 어머니와 친지들이 말렸다.

"선비의 자식이 간택에 참여하지 않아도 집안에 해로움은 없을 것입니다. 그러니 단자를 올리지 마시지요."

넉넉지 못한 가정에서는 신부의 의복, 가마를 비롯하여 유모와 수행원들의 복장까지 마련해야 하는 부담 때문에 단자 올리는 것을 기피하는 경향이 있었다. 우리 집은 넉넉지 못한 정도가 아니라 무척 가난한 지경에 있었다.

증조부께서 큰할아버지에게만 전 재산을 넘겨주고 할아버지에게는 주지 않았기 때문에 가난을 대물림하고 있었다. 부친도 과거에 급제하지 못해 변변한 직책을 가지고 있지 않았다.

부친은 단자 올리는 일을 말리는 어머니와 친지들에게 말했다.

"우리 집안은 대대로 녹을 받는 신하로서 내 딸은 재상의 손녀인데 어찌 감히 임금을 기망欺罔하겠는가."

부친이 결국 단자를 올렸는데, 우선 초간택에 입고 갈 옷이 없어 걱정이었다. 치마를 만드는 천은 일찍 죽은 언니의 혼숫감으로 준비해둔 옷감으로 대신했다. 속옷은 드러나 보이지 않으므로 낡은 천으로 마련했다. 바느질 솜씨가 좋은 어머니가 며칠 밤을 새우면서 필요한 옷들을 지어주었다. 그럴 적마다 어머니는 밤중에 불빛이 새어나가지 않게 방문과 창문을 수건으로 가렸다.

그해 구월 이십팔일에 초간택이 있었다. 연지 곤지도 찍지 않은 얼굴에 송화색으로 염색한 명주 저고리와 다홍치마를 입고 사인교四人轎 가마를 타고 궁궐로 향했다. 돈화문을 지나 금천교錦川橋를 건너 진선문으로 해서 궁궐로 들어설 때 얼마나 가슴이 떨리던지.

일흔아홉 명의 처녀가 궁에 들어왔지만 착각인지 몰라도 모두 나에게만 관심을 쏟는 듯했다. 내인들이 분내를 풍기면서 나를 다투다시피 안아보려고 해서 괴로울 지경이었다.

세자의 생모는 간택 자리에 앉지 못하여 그전에 나를 불러 어루만지며 예뻐해주었다. 왕비도 나를 가까이 오도록 하여 여겨보았다. 세자의 생모와 화평옹주는 선물까지 내려주며

간택시의 예의에 대해 세세히 가르쳐주기도 했다.

초간택은 넓은 마루에서 치러졌다. 일흔아홉 명의 처녀가 자기 아버지의 이름이 크게 적힌 자리로 가서 열을 지어 앉았다. 조금 있으니 작은 다과상이 앞에 놓였다. 과자와 차를 먹고 마시는 행동거지를 관찰하는 것 같았다. 문답 시간도 있었는데 답하는 내용보다는 답하는 말투와 태도를 주로 보는 듯했다.

초간택 의례를 다 치르고 지친 몸으로 집에 돌아와 어머니 품에서 곤히 잠을 잤다.

이튿날 이른 아침에 부친이 어머니 방으로 건너오더니 근심어린 어조로 말했다.

"우리 아이가 수망首望에 든 듯하니 이 어인 일인고."

'수망'은 으뜸으로 물망에 올랐다는 말이었다.

어머니도 한숨을 쉬며 말했다.

"한미한 선비의 자식이니 수망에 들지 말았으면."

부친도 신하의 의무로 일단 단자를 올리기는 했으나 간택에서 떨어지기를 바랐던 모양이었다. 나도 부모의 말씀에 순종하여 간택에는 참여했으나 초간택으로 끝나기를 바라고 있었다.

나는 잠결에 수심에 찬 두 분의 목소리를 듣고는 잠에서 깨어 많이 울었다. 부모와 사랑하는 형제자매, 친척, 동무 들과 헤어질 것을 생각하니 그렇게 서러울 수 없었다.

나중에 부친을 통해 들으니 간택에도 부정이 있어 조정에서 논란이 일어났다고 했다. 재간택 후보 여덟 명 명단을 뽑고 나서 스무 날이 지난 후 좌의정 송인명이 임금에게 아뢰었다.

"세자빈을 간택하는 데 윤현동의 딸은 그 집에 허물이 있으니 제외함이 마땅합니다."

"그 연유가 무엇인가?"

"윤현동은 윤득화의 아들로 일찍이 아저씨뻘 되는 집안의 양자로 들어갔습니다. 그런데 양어머니와 간통한 일이 있어 파양罷養되어 본가로 돌아오고 말았습니다. 이후로 사람 축에도 끼지 못했다고 합니다."

"자식이 어미를 범하는 증간烝奸을 했다는 말인가? 삼 년 전에도 공주에서 양어머니를 증간한 자가 있어 참형한 적이 있지 않았는가. 그때 내가 너무도 추악한 죄악이라 여기까지 호송하여 한성을 더럽히지 말고 어사를 보내어 공주에서 처

단하라 했는데, 영의정이 굳이 한성으로 호송하여 결안정법結

案正法으로 다스려야 한다고 하여 그리하지 않았던가?"

임금이 영의정 김재로를 쳐다보자 그가 대답했다.

"그런 적이 있사옵니다. 정식으로 문안을 작성하여 사형에

처해야 한다고 말씀드렸지요."

"대사헌 윤득화라면 얼마 전에 내가 불러 다시 당론을 일

삼는다고 과인이 책망하여 경질한 자가 아니냐? 윤득화의 경

질은 언관을 대우하는 도리가 아니라고 정언 어석윤이 상소

하기에 파직해버렸지. 윤득화의 집안에 그런 불미스런 사건

이 있으면서도 왜 모두 모른 척한 건가? 과연 그런 일이 있었

는가?"

임금이 신하들을 둘러보며 대답을 재촉했다. 다들 머뭇거

리고 있는 중에 좌윤 원경하가 아뢰었다.

"대신의 말은 나라를 위한 정성에서 나온 것입니다."

대답이 애매하기만 했다. 윤득화의 아들 윤현동의 딸이 간

택에 참여하였기에 그동안 모른 척하고 있었던 사실을 나라

를 위한 정성에서 고했다는 것인가.

"대신이 알려준 것은 나라를 위한 정성인데 관원들은 입을

다물고 있으니 참으로 애석한 일이다. 윤현동의 딸을 재간택에서 빼버리고, 살피지 못한 해당 부서의 관원들은 조사해서 벌하도록 하라."

결국 호조판서 조관빈과 훈련대장 김성응과 여러 대간이 파직되었다. 조관빈은 간택 담당 예관으로, 김성응은 판윤으로 책임을 지고 물러나게 되었고, 대간들은 윤현동의 허물을 알면서도 말하지 않은 죄로 벌을 받았다.

그리하여 최경흥, 윤상정, 홍익빈, 심성희, 심악, 정준일의 딸들과 나까지 합하여 일곱 명이 재간택에 들었다. 내가 재간택에 들었다는 소식이 알려졌는지 갑자기 우리 집을 찾아오는 일가친척이 많아졌다. 그동안 우리 집을 방문하는 사람이 별로 없었는데 오래전에 일했던 하인들까지도 문안을 드린다고 찾아왔다. 세상 인심이 어떠한지 어릴 적부터 알아챌 수 있었다.

재간택 날은 시월 이십팔일이었다. 이번에는 이마의 잔털을 뽑고 얼굴에 연지 곤지를 찍는 성적成赤 화장까지 하고 저고리 위에 곁마기도 입었다. 곁마기는 연둣빛 바탕에 자주색으로 끝동과 깃을 달아 만들었다. 부친과 어머니는 내가 재간택에서 떨어지는 행운을 얻기를 간절히 바랐다.

그런데 다시 궁으로 들어가니 이미 세자빈으로 내가 정해진 듯한 분위기였다. 임금을 뵙는 시간에도 다른 처녀들은 주렴珠簾 밖에 있도록 하면서 나만 주렴 안으로 들어오게 했다. 임금이 나를 어루만지며 기뻐했다.

"내가 아리따운 며느리를 얻었구나. 너를 보니 네 할아버지 생각이 난다. 네 할아버지는 직언을 하기로 유명했지. 내가 한번은 너무 바른 소리를 하는 관원을 파직한 일이 있었거든. 그러자 네 할아버지가 상소를 올려, 바른 소리를 과감하게 하는 그 관원을 칭찬하고 높여주어도 모자란데 오히려 파직을 했다면서 나보고 속이 좁아터졌다는 거야. 직신直臣의 직언을 포용하는 성덕을 가지라나. 그러면서 언로를 활짝 열어달라고 간청하는 거야. 결국 내가 손을 들었지. 파직한 관원을 복직시켰어. 그만큼 네 할아버지는 강직한 분이셨다. 그리고 네 아버지도 내가 보고는 사람을 얻었구나 하고 기뻐했단다. 네가 바로 그 손녀요 그 딸이로구나."

왕비와 세자 생모도 여전히 나를 예뻐해주고 여러 옹주도 내 손을 잡고 귀여워하며 보내주려고 하지 않았다. 경춘전으로 내려가서 의젓한 자세로 견디며 앉아 있으니 세자 생모가 점심상까지 차려주었다.

조금 있으니 내인이 다가와 치수를 잰다면서 내 곁마기를 벗기려 했다. 나는 놀라서 끝동을 움켜쥐며 벗지 않으려 했다. 내인이 겨우 달래어 곁마기를 벗기고 봄의 치수를 재었다. 나는 눈물이 쏟아지려 했지만 궁인들이 보고 있어 꾹 참고 있다가 가마에 들어가서야 소리 죽여 울고 말았다.

재간택에서는 최경흥, 정준일의 딸들과 내가 뽑혔다. 재간택을 마침과 동시에 전국에 반포되었던 금혼령은 해제되었다.

궁궐에서 나와 귀가할 때 초간택시와는 대접이 자못 달랐다. 사인교가 아니라 육인교 가마에 타고 오십 명의 호위를 받으며 집으로 돌아왔다. 특히 왕비와 세자 생모의 서신을 들고 가는 글월비자들이 검은 장옷을 머리에서부터 길게 뒤집어쓰고 검은 띠를 매는 흑단장黑丹粧을 하고 있어 내 두 눈이 그만 휘둥그레졌다.

집으로 돌아와 가마가 사랑문으로 들어서자 부친이 친히 나와 주렴을 들어주며 나를 부축하여 내렸다. 부친은 도포를 차려입고 내가 왕비라도 된 것처럼 예의를 다하여 나를 대했다. 어머니도 나에게 공대하며 말하여 나는 어쩔 줄을 몰라 눈물만 흘렸다.

어머니가 예복을 단정히 차려입고 나와서 상에 붉은 보를 폈다. 절을 네 번 한 후 왕비 중궁전의 글월을 받고, 절을 두 번 한 후 세자 생모의 글월을 받았다. 글월을 받는 어머니의 두 손이 떨리고 있었다.

부친과 어머니뿐 아니라 일가친척들이 모두 나를 극존칭인 '마누라'라고 부르며 존댓말을 하여 몸둘 바를 몰랐다. 그분들이 나를 높이면 높일수록 슬픔과 서러움이 차오르고 불안해지기만 했다.

부친은 국혼을 면할 길이 없어 걱정하며 경계와 권면의 말들을 해주었다. 그런 말들이 내 귀에 들어올 리 없고 나는 다만 부모와 가족들과 집을 떠나게 될 일이 까마득하여 간장이 녹는 듯하고 만사에 흥미를 잃고 말았다.

가깝고 먼 친척들이 입궐하기 전에 나를 봐야 한다면서 몰려왔다. 먼 친척들은 바깥에서 대접하여 돌려보내기도 했다. 양주에 사는 촌수가 먼 증대부曾大父도 찾아오고 할아버지 항

렬 이름을 가진 어른도 나를 보러 왔다.

그 어른이 나에게 권면의 말을 했다.

"궁궐이 지엄하니 들어가신 후에는 뵙지 못할 터이라 영영 이별입니다. 공경하며 근신하며 지내십시오. 제 이름은 거울 감鑑 자에 도울 보輔 자입니다. 궁궐에 드신 후에 생각하옵소서."

평소에 한 번도 본 적이 없는 그 어른이 이름까지 소개하는 것을 보고 마음이 더욱 서글퍼졌다. 그래도 그 이름이 머리에서 떠나지 않아 나중에 벼슬을 하도록 도와주었다. 그 어른은 삭녕군수, 통정, 충원현감 들을 지내며 고을을 잘 다스린다고 임금의 포상을 받기도 했다.

재간택 이튿날 세자의 보모인 최상궁과 문안 편지, 선물 들을 전달하는 색장내인 김가효덕이 궐에서 나와 우리 집으로 왔다. 최상궁의 풍채는 크고 엄연하여 높은 내인이라는 느낌이 들었다.

어머니는 최상궁 일행을 성심껏 대접하고 최상궁과 색장내인은 내 옷들을 가져오게 하여 치수를 재었다. 궁궐에서도 몸의 치수를 재었는데 여러 종류의 옷을 만들어주려고 또 치수를 재러 온 모양이었다.

삼간택이 다가올 즈음 최상궁이 또 집으로 찾아왔다. 이번에는 색장내인 문가대복과 함께 왕비가 내려주는 옷들을 가지고 왔다. 석류 무늬 사이에 복숭아 꽃잎을 새겨넣은 초록 도유단 당저고리, 포도 무늬를 비단에 박아넣은 송화색 문단紋緞저고리, 보라색 도유단저고리, 호로병 모양의 무늬를 다섯개 넣은 오호로 문단치마, 모시적삼 들이었다. 생전 처음 보는 화사한 옷들에 어머니와 나는 입이 떡 벌어질 지경이었다.

어머니는 내가 평소에 입고 싶어 했던 다홍색 깨끼 치마저고리를 손수 만들어 입히면서 또 울었다.

"어려서부터 고운 옷 한 벌을 네게 입히지 못해 마음이 아팠다. 이제 궁궐에 들어가면 사사로운 옷은 입지 못할 테니 내가 지은 옷을 잠시라도 입어보아라."

나도 그 옷을 입으면서 울었다.

나는 조상들께도 하직 인사를 해야 할 것 같아 큰집 종가 사당과 외조부모 사당에 가서 허배虛拜를 드렸다. 당숙과 당숙모, 외삼촌, 외사촌, 육촌 친척들과도 작별 인사를 하고 돌아왔다.

삼간택 하루 전날 밤 고모가 내 손을 잡고 이끌며 집 안 구석구석을 돌아다녔다.

"이제 가면 언제 올지 모르는 집을 두루 살펴보십시오."

보름에 가까운 환한 달빛이 교교하게 마당의 눈밭을 비추었다. 차가운 바람이 불어와 지붕의 눈들을 어지러이 날렸다. 태어나서 십 년 가까이 살았던 정든 집 안 풍경들을 하나하나 머릿속에 새겨넣었다. 그날 밤 어머니와 나는 서로 눈물을 닦아주느라 잠도 제대로 자지 못했다.

삼간택 날인 십일월 십삼일 이른 아침 최상궁이 보내준 소례복들로 단장하고 귀걸이를 하고 노리개 석 줄을 차고 족두리까지 쓴 채 사당에 올라가 고유다례告由茶禮를 드렸다. 아버지가 조상들께 내가 세자빈이 되어 궁으로 들어간다고 고하고, 울먹이며 축문을 읽어 내려갔다.

먼 친척들과는 대문께에서 작별하고 부친과 어머니, 가까운 친척들은 별궁으로 가기 위해 따로 채비를 했다. 이제 별궁이 친정을 대신하는 것이었다.

나는 육인교 가마를 타고 호위하는 궁인들과 함께 돈화문으로 들어섰다. 금천교를 건너면서, 이제는 정말 집으로 돌아갈 수 없는 몸이 된다고 생각하니 막막하기 그지없었다. 금천교가 이승과 저승을 가르는 경계처럼 여겨졌다.

삼간택에 든 셋 중에서 임금이 나를 지목하고 영의정이 이를 공시했다. 나머지 처녀 둘이 나를 향해 큰절을 올렸다. 조정에서는 가례도감嘉禮都監을 설치하고 세자 혼례 준비에 들어갔다.

나는 경춘전에서 쉬다가 통명전으로 올라가 삼전三殿, 즉 임금과 왕비, 대왕대비를 뵈었다. 대왕대비는 나를 보고 무척 반색했다.

"내가 오늘 너를 처음 보지만 아름답고 극진하니 나라의 복이구나."

임금도 나를 어루만지며 기뻐했다.

"내가 슬기로운 며느리를 가리었구나."

왕비와 세자 생모도 여전히 나를 예뻐해주었다.

나는 화장을 고치고 자적원삼紫赤圓衫을 입고 다소곳이 앉아 상을 받았다. 날이 저물어 삼전께 네 번 절하고 별궁으로 가기 위해 덩을 타러 통명전을 나왔다. 궁인들이 내 좌우에서 정연히 따랐다. 바깥은 벌써 캄캄해져 여기저기 등불들이 켜

져 있었다. 임금은 덩 타는 곳까지 친히 와서 내 손을 꼭 잡으며 말했다.

"편히 있다가 오거라. 내가 『소학』을 보낼 테니 아비에게 배우고 잘 지내다 들어오너라."

그날 밤 별궁인 어의궁으로 와서 이미 도착해 있는 어머니와 함께 자려고 했다. 하지만 최상궁이 매정하게 이제부터는 나라 법을 따라 나 혼자 자야 한다고 했다. 간택 기간에 늘 어머니 품에 안겨 잠을 잤는데 이제 혼자 자려 하니 지난밤처럼 잠이 좀체 오지 않았다. 내 마음을 아는지 밤새도록 새까만 하늘에서 하얀 눈송이들이 분분히 쏟아져 내렸다.

나는 별궁에 오십 일 동안 머물면서 세자빈 수업을 받아야만 했다. 임금이 친히 내려준 『소학』을 부친이 날마다 한문을 풀이하며 세세히 가르쳐주었다. 오라버니와 작은아버지, 당숙도 같이 들어와 아버지를 도왔다.

『소학』은 물을 뿌려 청소하는 일부터 시작하여 남의 말을 어떻게 응대할 것인지, 몸가짐을 어떻게 절도 있게 가질 것인지, 부모와 스승을 존경하는 도리가 어떠해야 하는지 등등 예절의 기본을 가르치는 책이었다. 한나라에서 송나라까지 성현들의 언행이 실례로 기록되어 있기도 했다.

임금이 또 『훈서』訓書를 보내주었는데 맏아들 효장세자의 세자빈을 위해 친히 쓴 책으로, 경천敬天, 애민愛民, 예신禮臣에 관한 경전의 글들이 모아져 있었다.

별궁에는 여러 가구와 병풍, 장막, 화장도구인 자장資粧 들이 배치되어 있었는데, 왜나라 진주로 만든 큰 가지 모양의 노리개는 오대 할머니 정명공주께서 지니고 있던 것이라고 했다. 정명공주가 손주며느리에게 주었던 것을 세자 생모가 궁인을 통해 사가지고 있다가 나에게 선물로 주었다. 내가 정명공주의 자손으로 궁궐에 들어와 그분의 물건을 도로 가지게 되니 우연치고는 참으로 신기한 일이었다.

방에 쳐져 있던 네 폭 자수병풍도 할아버지 서화로 만든 것이라고 했다. 그 병풍을 할아버지 하인이 가지고 가서 팔았는데 그것을 산 사람이 세자 생모를 모시는 내인의 친척이었다. 세자 생모가 내인의 친척에게서 사서 가지고 있다가 나에게 선물한 것이었다. 세자 생모에게 친정집 어른들의 물건들이 이미 와 있었으니 나는 그 물건들을 따라 들어온 것만 같았다.

세자 생모 방에 용을 수놓은 여덟 폭 병풍이 쳐져 있는 것을 부친이 보고 놀라며 나에게 말했다.

"이 병풍의 용 빛이 마마의 태몽에서 본 용 빛과 같습니다. 그때 꿈을 꾼 이후로 잊고 있었는데 이 병풍을 보니 용의 형상이 다시 기억납니다."

용을 자세히 보니 비늘들이 금실로 수놓아져 검은색과 황금색이 섞여 있었다. 어떻게 보면 흑룡이요 어떻게 보면 황룡이었다. 나의 태몽에 나온 용이 시어머니될 세자 생모 병풍에 이미 그려져 있었으니 이 또한 희한한 일이었다.

별궁에 머무는 동안 임금과 왕비, 대왕대비께서 상궁을 보내 자주 안부를 물었다. 상궁이 올 때 예식을 맡은 예관도 같이 오고 푸짐한 음식들과 잔을 놓는 상들도 보내졌다.

얼마 후 친정 할머니가 위독하다는 소식이 들려왔다. 가례를 앞두고 할머니가 돌아가시면 어쩌나 하고 부친과 어머니가 몹시 걱정했다. 할머니가 집을 옮겨 요양하는 피접避接을 가게 되자 부친이 할머니를 업어 가마에 태우고 또 업어서 내렸다. 계모인데도 친어미 모시듯 하는 부친의 효도를 궁인들이 칭찬해 마지않았다.

할머니 병구완을 하는 중에도 부친이 나에게 『소학』과 『훈서』를 가르쳤다. 부친은 별궁에 오게 되면 근심하는 기색을 내비치지 않았다. 다행히 할머니는 내 가례를 위해서인지 병을 이기고 다시 집으로 돌아왔다.

하루는 부친이 별궁에 와서 조정 소식을 전해주었다. 중간 혐의가 있는 아들의 딸을 간택 명단에 올렸던 대사헌 윤득화가 어떤 대신을 벌하라는 상소를 자꾸만 올려 임금의 심기를 건드리는 바람에 끝내 파직을 당했다고 했다.

내가 별궁에서 가례를 준비하는 동안 이상한 징조들이 하늘에 보였다. 담적색 혜성이 나타나 해를 넘겨 두 달 가까이 꼬리를 길게 늘어뜨리며 밤하늘을 가로질렀다. 내가 지금껏 살아오면서 혜성이 그렇게 오래도록 하늘에 머물러 있는 장관은 한 번도 본 적이 없었다.

처음에는 이 척尺 정도 되는 꼬리를 달고 있다가 칠 척, 일 장丈, 일 장 칠 척으로 차츰 길어지더니 마침내 이 장으로 늘어난 긴 꼬리를 끌고 북동쪽 하늘로 사라졌다. 하늘에 혜성이 떠 있는 기간에 호랑이 한 마리가 한성 성문으로 달려 들어와 사나운 이빨을 보이며 으르렁거려 사람들이 기겁을 했다.

십이월 이십일 이른 아침에 대궐에서 별궁으로 혼례를 청하며 예물과 사주를 보내는 납채례가 행해졌다. 엿새 후에 검은 비단 여섯 필과 붉은 비단 네 필이 담긴 속백함束帛函과 말 두 필을 선정전에서 폐백으로 보내왔다. 폐백을 받아들인다는 답서를 보내고 납징례를 마쳤다.

사흘 후 아침 길일을 택해 가례 일자를 별궁에 알려주는 고기례가 인정전에서 행해졌다.

해가 지나 정월 초구일에 인정전에서 나를 정일품 세자빈으로 책봉한다는 반포가 있었다. 좌의정 송인명이 교명문을 지어올렸다.

"왕은 이르노라. 세자는 일국의 근본이요 그 배필은 만복의 근원이다."

이렇게 시작된 교명문은 길게 이어졌다. 나에 관한 대목에는 이런 문구도 있었다.

"아! 너 홍씨는 대대로 복을 누려온 집안의 자제로 품성이 얌전하며 화평한 기색이 이미 얼굴에 드러나 있고 마땅히 스스로 살펴 행실이 저절로 규모에 맞으니 유모를 번거롭게 하지 않았다."

대궐에서 사신 일행이 교명문과 예물을 들고 별궁으로 오

214

자 내가 북벽 단에 올라서고 상궁이 교명문을 받들어 책봉을 선포했다.

정월 십일일 가례를 행하기 위해 임금이 인정전에 임하고, 세자는 궁관의 인도를 받아 동문으로 들어와서 네 번 절을 올린 후 서쪽 계단으로 올라가 자리를 잡고 서남쪽을 향해 섰다.

사옹원제조가 술을 술잔에 따르고 사옹정이 반찬상을 올렸다. 세자가 내려와 술을 입에 대었다가 떼고, 나아가 어좌 앞에 꿇어앉았다. 임금이 세자에게 말했다.

"가서 너의 아내를 맞이하여 나의 종사를 받들게 하고 엄하게 거느리도록 힘쓰라."

"삼가 교명을 받들겠습니다."

세자는 다시 네 번 절을 올리고 나서 서쪽 계단에서 내려와 목조 기러기를 들고 종친과 문무백관과 함께 어의궁으로 왔다.

세자를 맞아들이는 친영례를 할 때 내가 처음으로 남편이 될 세자를 보게 되었다. 제대로 쳐다보지도 못하고 흘끗 곁눈질로 한 번 보고 고개를 숙이고 말았다. 열 살 나이인데도 의젓한 기품과 기골이 느껴지는 풍채였다.

세자는 동쪽에, 나는 서쪽에 자리 잡고 앉았다. 세자 뒤에는 부친이, 내 뒤에는 어머니가 자리 잡았다. 세자가 북벽 단에 놓인 전안석奠雁席으로 가 기러기를 올려놓고 절했다. 전안석의 기러기를 물린 후에 세자와 내가 자리에 오르자 문무백관이 몸을 굽혀 절하는 국궁례를 행했다.

세자가 별궁에서 나를 대궐로 데리고 가기 전에 초례를 행하여 부친과 어머니가 다시금 경계의 말씀을 해주었다. 아버지는 다홍색 관복에 좌우 날개가 달린 모난 복두를 쓰고 있었고, 어머니는 꽃무늬 초록 원삼을 입고 다래에 어염족두리와 떠구지까지 얹어 큰머리를 하고 있었다. 나도 붉은 비단에 꿩무늬가 새겨진 적의를 입고 여러 다래를 얹은 어여머리에다 백옥떨잠 여덟 개와 비녀 아홉 개나 꽂은 큰머리를 하고 있어 머리가 무거워 견디기 힘들었다. 부친과 어머니는 그 모든 의식을 예법에 어긋남이 없이 근엄하게 잘 치렀다.

대궐로 들어와 가례를 지내고 하나의 박을 쪼개어 만든 잔으로 세자와 내가 석 잔의 술을 마시는 동뢰도 행했다. 이제 초야를 보내야 하지만 세자와 나는 내가 계례를 행하여 성인으로 인정될 때까지 합방을 미루어야만 했다.

이튿날 임금은 인정전에 나아가 세자 가례에 대해 백관의 하례를 받고 사면령을 내렸다.

"뇌우의 은택은 사방으로 흐르는 법이니 더러운 수치는 깨끗이 씻어내야 한다. 천지의 인(仁)은 널리 덧입게 되는 것이니 가까운 데서 멀리까지 미쳐야 한다. 이달 십이일 일출 이전에 죄지은 잡범으로 사형죄에 해당하지 않는 자는 모두 사유赦宥해주라."

그뿐 아니라 임금은 신하와 관원들의 벼슬을 한 직급씩 올려주는 은혜도 베풀었다.

그날 임금은 왕비와 세자 생모를 거느리고 통명전으로 와서 나와 부모를 불러 먼저 나에게 경계의 말씀을 주었다.

"네 폐백까지 받았으니 세자를 섬길 때는 부드럽게 하고 말소리와 얼굴빛을 가볍게 하지 마라. 눈이 넓어 보이는 것이 많아도 궁중에서는 보통 있는 일이니 모르는 척하며 아는 빛을 나타내지 말거라."

'보아도 모르는 척하라'는 말씀이 무슨 의미인지 궁중생활을 하면 할수록 더욱 되새겨졌다.

임금이 부친에게 여러 말씀을 하고 신하에게 술을 내리는 선온宣醞을 베풀었다. 부친은 황공하여 두 손으로 술을 받아 마시고는 남은 술은 소매 안에 부었다. 그러면서 술독에 좋은 황귤을 집어 품에 넣었다.

임금이 나에게 말했다.

"네 아비가 예를 아는구나."

남은 술을 소매에 붓는 것이 왜 예에 맞는지 그때는 잘 몰랐다. 임금의 칭찬 한마디에 부친은 감격하여 눈물을 흘렸다.

부친은 이제 딸이 아니라 세자빈으로 살아갈 나에게 당부의 말씀들을 해주었다.

"여편네는 수건에 연지를 묻히지 마라. 비록 연지이나 아름답지 못하다."

"복에는 화禍가 따르는 법이니 큰 복을 받으면 큰 화도 따른다는 것을 늘 명심하라."

"깊게 멀리 염려하라."

이튿날에는 어머니와 함께 왕비가 있는 대조전大造殿으로 가서 문안을 드렸다. 왕비는 정중하면서도 친밀하게 어머니를 대접하며 말했다.

"아름다운 딸을 낳아 나라의 경사를 보게 하였으니 공이 크십니다."

세자 생모도 어머니를 불러 사돈끼리 정을 나누었다. 어머
니는 시종일관 평온한 모습으로 말을 아끼면서 온화하고 겸
양한 기품을 잃지 않았다.

나는 통명전에서 사흘을 지내고 세자가 거처하는 저승전
으로 돌아왔다. 세자가 나를 보고 환하게 웃었으나 나는 쑥스
러워 몸둘 바를 몰랐다. 문안하는 말을 몇 마디 주고받고 나의
거처로 정해진 관희합으로 얼른 건너왔다.

어머니는 내가 관희합으로 들어가는 모습을 보고 궁궐을
나갔다. 이제 정말로 어머니와 영영 이별하는 느낌이 와락 밀
려왔다. 내가 마루로 오르면서 돌아다보니 어머니는 저고리
소매로 눈물을 훔치고 있었다.

어머니는 가마에 오르는 순간까지도 내인들에게 나를 간곡
히 부탁했다.

제7일

참으로 나의 목숨이 질기구나. 벌써 이레는 지난 것 같은데 아직도 내가 숨을 쉬고 있구나. 화순옹주처럼 여러 날 물도 마시지 않고, 아니 마시지 못하고 밥도 먹지 못하고 있는데 그래도 내 안에서 생기가 소멸되지 않고 있는 이유는 무엇인가.

어릴 적부터 생모가 종종 나에게 해먹인 보약들 때문인가. 나를 자주 볼 수 없는 어머니는 나를 만나는 날이면 온갖 맛난 음식과 몸에 좋은 보약들을 지어왔다.

나는 속으로 어머니가 백일밖에 안 된 나를 버렸다는 생각을 품고 있었다. 어머니도 어쩔 수 없는 일이었다는 것을 알면서도 어머니를 원망하는 마음을 지울 수 없었다. 일부러 어머니를 원망하여 멀리하기 위해서 그런 마음을 더욱 가지고 있었는지 모른다. 사실 어머니의 품에서 자란 것이 아니기에 어머니를 보고 싶은 마음도 별로 없었다. 저 여인이 너의 어머니라고 하니 어머니로 여길 뿐이었다. 나를 보는 어머니의 마음은 애틋했는지 모르나 나는 어머니를 볼 때 덤덤하기만 했다.

세상이 노론 천지가 되어가고 나에게 죽음의 그림자가 다가오고 있음을 느낄 즈음, 어머니에게는 마지막 인사를 정성껏 해드려야 한다는 생각이 들었다.

내가 뒤주에 들어오기 한 달 전에, 어머니가 손주며느리 세손빈을 볼 겸 창경궁으로 내려왔다. 나는 그때 이제 어머니를 마지막으로 보는구나 하고 예감했다.

나는 어머니를 모시기 위해 큰 잔칫상을 차렸다. 여름 과실들도 높게 쌓이고 인삼과를 비롯한 각종 다과도 가득했다. 예순일곱 살로 접어드는 어머니의 장수를 축하하는 수석시壽席詩도 지어 올리고 두 손 모아 술잔에 술을 부어드렸다. 어머니는 갑작스런 나의 과한 대접에 어리둥절해하면서도 간간이 미소를 지어 보이며 음식들도 골고루 드셨다.

그다음 임금 보련같이 화려한 교자에 자꾸만 사양하는 어머니를 우겨서 태웠다. 내인들을 뒤따르게 하고 교자 앞에는 진중 방위 깃발인 대기치大旗幟를 세웠다. 취타도 신나게 불게 하여 행렬을 이루어 영화당이 있는 후원으로 나아갔다. 나는 교자 주위에서 덩실덩실 춤까지 춰가며 어머니에게 재롱을 피워 보였다. 일생 동안 한 번도 어머니 앞에서 재롱을 피워본 적이 없던 나였다.

어머니는 내가 광증이 생겨 저러는 것은 아닌가 하고 불안한 기색으로 나를 바라보는 듯했다.

'어머니, 내가 미쳐서 이러는 것이 아닙니다. 어머니에게 마지막 효도를 하려고 이럽니다.'

내 눈에 눈물이 핑 돌았다. 어머니도 울고 있었다.

내가 휘령전 마당에서 자결 명령을 받아 어쩔 줄 모르다가 사관 임덕제의 옷자락을 붙잡고 합문 밖으로 잠시 나간 적이 있었다. 그때 내가 담장에 소변을 보고 오는데 대신과 사관들이 수군거리는 소리가 들렸다.

"생모가 아들을 죽여달라고 대조에게 상소를 올렸다며."

"그러게 말이야. 어미로서 오죽했으면."

그 순간 나는 이상하게도 어머니의 처연한 사랑을 온몸으로 덧입는 듯하여 소름이 돋았다.

어머니의 사랑이 나를 죽이고 아버지의 사랑이 나를 죽인다. 얼마나 나를 사랑했으면 죽이기까지 할까. 더 이상 나의 명예가 더럽혀지지 않도록, 오래 살아 부끄러운 일을 당하지 않도록 미리 죽이는 이 야릇한 사랑. 세월이 아무리 가도 두고 두고 회자될 것이다.

항간의 유생들은 익명시匿名詩를 지어 아버지와 나를 풍자하며 노래할지도 모른다. 익명시는 누가 지었는지 드러나지 않으므로 풍자와 해학, 야유가 넘치기 마련이다. 그런 점에서 흉서와 구별되기에 조정에서도 익명시를 어떻게 다루어야 할지 논란이 있었다.

십 년 전 사월 하순경 아버지가 영의정 김재로를 소견했을 때 김재로가 익명시 문제를 아뢰었다.

"인심이 교활하고 악하여 요사이 또 익명시가 늘어나고 있습니다. 암암리에 야유하면서 서로 전파하고, 심지어 지위가 높은 자들까지도 더러 웃으면서 전하고 있습니다. 청컨대 익명서匿名書의 예대로 포도청으로 하여금 그 출처를 탐색하게 하소서."

아버지가 답했다.

"또 익명시가 있단 말인가? 대신도 그 야유에 들어 있는가?"

김재로가 말했다.

"신도 보지는 못했습니다마는 전해 들으니 병판의 세 종형제從兄弟를 지목한 듯한 구절 수가 백 개가 넘고 조정 사대부도 많이 들어 있습니다. 그 요지로 보아 벼슬을 얻지 못한 원한에서 연유한 듯합니다."

"필시 사대부의 자제가 한 짓일 게다. 발각되면 어떻게 처분할 것인가?"

승지 이이장이 아뢰었다.

"일에는 경중이 있는데 경박한 일시적인 일을 가지고 포도청에서 밀찰을 한다면 어찌 지나치지 않겠습니까? 옛날에도 익명시로 인한 옥사 기록인 시안詩案이 있었는데 불량한 무리들이야 아까울 것이 없겠으나 훗날의 폐단을 생각하지 않을 수 없습니다."

김재로와 이이장의 의견이 맞지 않자 아버지가 지침을 내려주었다.

"점잖은 벼슬아치라는 진신搢紳들마저 습성이 과연 이렇더란 말이냐? 이는 내가 조정을 바루지 못한 소치이니 내가 매우 부끄럽다. 내가 비록 하교를 써서 내리지는 않겠으나 듣는 자가 뺨을 맞는 것보다 더 부끄러워할 것이다. 경박한 습성은 저절로 공론의 지탄을 받을 것이니 이는 금령을 내려 금할 수 있는 것이 아니다. 작년에 온천에 갔을 때에도 길가에 언서를 걸어 그 고을 수령을 훼방한 자가 있었으나 나는 가져다 보지도 않았다."

익명시 같은 것은 내버려두면 공론의 지탄을 받아 저절로 자취를 감추게 된다는 것이었다. 하지만 아주 잘 지은 익명시는 명시처럼 세월이 흘러도 살아남을 것이다.

나도 어릴 적에 시를 잘 짓는다고 칭찬을 받기도 했다. 내가 세자에 책봉된 그 이듬해 세 살 즈음 글자를 배우기 시작하자마자 '천지왕춘'天地王春이라는 글자를 써서 아버지를 놀라게 했다.

아버지가 약원에 명하여 양정합에서 나를 진찰하게 한 날이었다. 몸에 특별히 나쁜 구석은 없었다. 아버지가 자리를 잡고 앉고 나도 관복을 갖추고 서안 아래에 시좌했다.

아버지가 궁관에게 책자를 올리도록 명하여 나에게 읽기를 권했다. 내가 『효경』을 펴고 '문왕'이란 글자를 낭랑한 목소리로 송독했다.

　내시가 지필을 가지고 와서 내 앞 서안 위에 펼쳤다. 나는 큰 붓대를 잡고 '천지왕춘'이란 글자를 썼다. 방금 '문왕'을 송독했고 마침 봄기운이 가득한 시기라 '왕춘'王春이라는 글자가 저절로 나왔다. 신하들이 앞다투어 내가 쓴 글을 하사해 달라고 청했다.

　아버지가 나에게 물었다.

　"네가 주고 싶은 사람을 가리켜라."

　내가 신하들을 둘러보다가 한 사람을 손으로 가리켰다. 아버지가 웃으며 말했다.

　"세자가 도제조를 가리키는구나. 세자도 대신을 아는구나."

　나는 그 후로도 오언시, 칠언시를 지었는데 대리청정하기 직전 열네 살 즈음에 지은 시 한 구절이 아버지의 마음을 불편하게 했다.

　아버지가 여러 신하들이 있는 데서 나에게 물었다.

　"한나라 고조와 무제 중 누가 더 훌륭한가?"

　내가 대답했다.

"고조의 기상이 훌륭합니다."

"문제와 무제는 누가 더 훌륭한가?"

"문제가 훌륭합니다."

아버지의 안색이 변했다.

"이는 나를 속이는 것이다. 너의 마음은 필히 무제를 기쁘게 여길 텐데 어찌하여 문제를 훌륭하다고 하는가?"

"문제와 경제의 정치가 무제보다 훌륭했습니다."

"너는 앞으로 문제나 경제의 반 정도로만 나를 섬겨도 족하다. 내가 늘 한나라 무제로 너를 경계했는데, 너의 칠언시 가운데 '호랑이가 깊은 산에서 울부짖으니 큰 바람이 분다'는 글귀가 있어 기가 크게 승하다는 것을 알 수 있었다."

아버지는 어쩌면 나를 자못 정확하게 꿰뚫어보았는지 모른다. 내가 어린 시절을 보낸 저승전에는 효종대왕이 사용하던 청룡언월도와 궁시, 갑옷들이 있어 자주 만져보고 들어보려고 애쓰기도 했다. 한상궁이 만들어준 나무 칼과 방패와 활을 가지고 어린 내인과 놀이동무인 배동들과 함께 얼마나 재미있게 군사놀이를 했는지 모른다.

저승전 후문인 융호문 바깥에는 군물고軍物庫가 있어 갖가지 군기를 구경할 수 있고 손에 쥐어볼 수도 있었다. 사서삼경이니 『효경』이니 『소학』이니 하는 책들을 읽는 것보다 군기를 손에 쥐고 후원을 달리는 것이 더 신났다. 효종대왕 같은 무술에 뛰어난 왕이 되어야겠다고 늘 꿈꾸어 왔다. 내가 문제보다는 무제에 더 가까운 기질을 지니고 있다는 것을 시 한 구절로 파악한 아버지의 통찰력도 대단한 셈이었다.

사실 그 칠언시 구절에서 '호랑이'는 효종대왕을 암시하는 말이었고, '큰 바람'은 효종대왕이 일생에 걸쳐 추진한 북벌 정책을 가리키고 있었다. 티격태격 당쟁이나 일삼고 있는 아버지와 조정 신하들이 답답해서 반발심으로 지어본 시였다.

내가 '독서가 가장 즐겁다'라는 시를 지었을 때도 아버지는 속이는 시라면서 '놀이가 가장 즐겁다'라고 솔직하게 썼어야지 하며 핀잔을 주었다. 이런 아버지의 지적들만 없었어도 더 멋있는 시를 나도 많이 지었을지 모른다.

지금 뒤주에 갇혀 숨이 끊어져 가는 이 상황을 시로 옮긴다면 어떨까. 불현듯 『시경』의 「치효」鴟鴞가 떠오른다.

내 날개 다 닳았고 내 꼬리 다 빠졌네

내 집이 깃털 같아 비바람에 흔들리네
다만 두렵고 두려워 소리를 지르네

머리가 무거워 온다. 숨 쉬기가 힘들어 머리가 쪼그라드는 것 같다가 이제는 점점 부풀어올라 목을 짓누르는 듯하다. 고개가 자꾸만 아래로 꺾인다.

누가 또 뒤주를 흔든다. 이번에는 좀더 방정맞게 흔든다. 여름 뙤약볕에 뒤주 하나를 감시하기 위해 보초 서는 일이 보통 힘든 일이 아닐 것이다. 보초 군사들을 위해서도 내가 빨리 죽어주어야 하는데 내 목숨도 내가 어쩔 수 없다.

"무울, 물을 좀 뿌려어어."

간신히 명령을 내림으로 내가 살아 있음을 증명한다. 뒤주 뚜껑 위에는 떼가 덮여 있는 것 같은데 떼가 뜨거운 햇볕에 타버리지 않도록 물을 뿌려줄 만도 한데 그럴 기미가 없다. 떼에 물을 뿌린다면 뒤주 틈으로 물방울이 떨어질지도 모른다.

하지만 보초 군사들은 내가 물 한 방울 마시지 못한 채 속히 죽기를 바라고 있을 것이다. 하긴 나도 물 한 방울까지 거부해야만 한다. 아버지가 나를 뒤주에 가두어 죽인 것이 아니라 내가 뒤주 안에서 식음을 전폐하여 화순옹주처럼 스스로 자진하는 것이다. 내가 후원에 구덩이 집을 짓고 관을 만들어 그 속에 들어가 누워 있을 적에도 이렇게 관에 누워 자진하면 어떨까 궁리해보기도 했다. 그때의 관보다 뒤주가 조금은 넓고 크다.

나의 명령에도 군사들은 꿈쩍하지 않는다. 고개를 숙이고 있는데도 머리가 더 커져 아래로 쏠린다. 머리가 부풀대로 부풀어올라 뒤주를 터뜨려버리는 광경이 어른거린다. 그러면 내 머리도 터지겠지.

나는 아홉 살 때부터 어지럼증이 있어 자주 비틀거렸다. 어지럼증의 원인으로 나쁜 시력을 의심하기도 했다. 열다섯 살 무렵에는 두 달 가까이 눈이 충혈되는 안질에 걸려 고생했다. 글자들을 잘 볼 수 없게 되자 아버지는 역관에게 청나라에서 수정 안경을 사오라고 해서 나보고 끼어보라고 했다. 흐릿한 작은 글자가 뚜렷하게 보이는 게 신기했지만 어지럼증은 더욱 심해져 안경을 계속 끼고 있을 수가 없었다. 안경은 숙종대왕 때 청나라 상인들을 통해 이미 조선에 들어와 있었다.

열다섯 살이 넘어가자 어지럼증이 점차 사라지고 자주 생기던 안질도 드물게 찾아왔다. 그래도 상소문을 읽거나 책을 읽을 때 눈이 충혈되지 않도록 늘 조심해야 했다.

태종대왕부터 시작하여 역대 왕들도 대부분 심한 안질을 앓았다. 세종대왕은 안질로 왼쪽 눈이 거의 실명되다시피 했다. 온천 목욕으로 효험을 얻기도 했으나 나중에는 그것마저 소용이 없었다. 신하들이 인천군 북쪽 어느 돌 가운데에서 솟는 향기로운 샘물이 안질에 좋다면서 임금에게 보고하기도 했다. 현종대왕은 안질이 심했는데도 촛불에 책 읽기를 멈추지 않아 신하들이 말리곤 했다.

아버지도 안질을 몇 번 앓았는데 주로 침을 맞아 효험을 보았다. 대왕대비는 상소문이 마루 밖까지 쌓여 아버지가 밤낮으로 그것들을 읽느라고 안질이 생겼다면서 염려했다. 그러고 보면 안질은 왕실의 핏줄을 따라 이어져 내려오고 있는 셈이었다. 게다가 피고름을 토하는 종기도 유전되어 내려오는 병 중의 하나였다. 역대 왕비들도 종기로 승하한 경우가 제법 있었다.

종기. 그렇다. 아버지가 볼 때 나는 왕실의 치명적인 종기였다. 심心을 넣어 터뜨려서 뽑아버려야 할 종기였다. 어머니마저 그 종기를 터뜨리는 데 힘을 합했고 어쩌면 아내도 동조했는지 모른다. 그랬더라도 나는 할 말이 없다. 아내는 나를 죽여도 좋을 만큼 충분히 헌신하며 섬겼다.

아내를 어의궁에서 처음 보았을 때 다래 큰머리로 인해 아내의 목이 부러지지 않을까 염려될 정도였다. 열 살밖에 안 된 어린 소녀로서는 너무나 버거운 큰머리를 이고 있었다. 이목구비가 또렷한 얼굴에 자꾸만 눈길이 갔으나 아내는 그럴수록 고개를 살포시 숙이기만 했다.

가례를 하고도 합례를 하지 못하는 다섯 해 동안 사실 나는 아내와 몸을 합하는 상상을 많이 해보았다. 아침에 일어나면 이상하게도 사타구니가 밤꽃 냄새를 풍기며 축축이 젖어 있기도 했다. 나는 이미 경헌당에서 관례를 행했기 때문에 언제라도 합례할 자격이 있었다.

아내가 열다섯 살이 되어 계례를 행하고 닷새 후에 합례를 하기로 했다. 아버지가 양위 소동을 피우는 바람에 정신이 다 나가긴 했지만 합례일에 아내와 몸을 합하면서 기이한 희열을 맛보았고 어수선한 정신이 되돌아오는 것도 같았다. 열다섯 살밖에 되지 않은 아내였어도 그동안 상궁들에게 은밀히

지도를 받아서 그런지 오히려 나를 이끌어 옥문에 옥경을 무난히 삽입하도록 해주었다.

옥경이 옥문에 잠겨 있는 그 느낌은 어머니 뱃속에 있을 때의 느낌과도 흡사했다. 남자가 여자의 옥문을 탐하는 것은 어머니 뱃속으로 다시 들어가고 싶은 욕망에서 비롯되었는지 모른다.

이 뒤주를 어머니 뱃속이라고 생각하면 어떨까. 하지만 여기에는 탯줄도 없고 양수도 없다. 나는 사산되고 말 것이다.

사실 어머니 뱃속같이 평온함을 느끼는 시간은 책을 읽을 때였다. 서연과 경연에서 다루는 책이 아니라 내가 수집한 책들을 읽고 있으면 안온한 심연으로 빠져드는 듯했다. 도교 경서들도 그랬고 중국에서 유행한다는 소설들도 그랬다.

『성경직해』도 이상한 세계로 나를 끌어들였다. '야소'耶蘇라는 인물이 주인공이었는데 '계리사독'契利斯督이라고도 부른다 했다. '백탁라'伯鐸羅라는 수제자를 중심으로 제자들이 모여 '여덕아'如德亞 땅 여기저기를 다니면서 병을 고치고 천국복음을 전했다고 했다. 특히 '계리사독'이라는 말이 흥미로웠다. 옛날에 새롭게 국왕이나 종주宗主를 세울 때 성유聖油

를 준비하여 정수리에 부었는데 '계리사독'이 기름을 붓는다는 뜻이라고 했다. 즉위식 때 옥구슬 아홉 줄이 앞뒤에 달린 면류관을 왕의 머리에 씌우는 것과도 같았다.

그러니까 야소가 만물의 주主요 고금의 대왕이라고 했다. 이 세상의 모든 왕들이 화를 낼 만한 말이었다. 하지만 나는 어쩌면 진정한 왕을 바라는 사람들이 야소에 솔깃하지 않을까 하는 생각이 스치기도 했다. 조선의 왕들을 보더라도, 아버지만 보더라도 왕이라는 것이 얼마나 불안하고 변덕스러운 존재인가 말이다. 『성경직해』가 조선에 널리 퍼진다면 새 왕을 모시는 무리로 큰 변란이 일어날지도 모른다.

『칠극』이라는 책도 청나라에서 구해온 것인데 세상 모든 악의 뿌리가 되는 일곱 가지 죄들을 지적하고 그것을 극복하는 길을 제시해놓았다. 교오驕傲, 간린慳吝, 미색迷色, 분노忿怒, 미음식迷飮食, 질투嫉妬, 해타우선懈惰于善이 일곱 가지 죄들이었다.

교만하고 인색하고 음탕하고 화를 잘 내고 식탐이 있고 시기하고 선행에 게으른 이 모든 죄들은 바로 내 죄의 목록이라 해도 과언이 아니었다. 양심에 찔림을 받으며 극복하는 방법을 실천해보려 해도 제대로 되는 것이 없었다.

책의 저자 야소회 서양 신부 방적아龐迪我는 천주를 믿지 않으면 이 일곱 가지 죄를 이기기가 힘들 거라고 했다. 하지만 유교의 사서삼경에서도 지적하고 있는 죄들이라 천주 없이도 의지가 강하면 극복할 수 있을 것 같았다.

특히 질투 항목에 대한 설명이 촌철살인이었다.

"질투하는 사람은 모든 것을 거꾸로 본다. 질투하는 자는 타인에게 참다운 덕이 있으면 위선이라 하고, 겸손하면 무능하다 하고, 참을성이 있으면 나약하다 하고, 침묵을 지키면 어리석다 하고, 절약하고 검소하면 인색하다 한다."

나는 내가 읽은 책의 목록을 만들고 인상 깊게 읽은 대목은 궁중 화원 김덕성을 시켜 책의 그림들을 베끼도록 하여『중국소설회모본』中國小說繪模本이라는 책을 뒤주에 갇히기 며칠 전에 내놓았다. 뒤주에 갇히지만 않았어도 그 책들을 궁중과 기방에 나눠주며 이야기꽃을 피웠을 텐데.

서문에 적은 책의 목록만 해도 아흔세 개나 되었다. 결국 『중국소설회모본』은 나의 유서와 같은 책이 되고 말았다. 후손들이 그 책의 목록을 따라 읽을지는 모르지만 나의 독서 경력을 세상에 남겨놓는 것도 나름 뜻있는 일일 것이다. 후세 사람들이 나를 두고 미친 짓만 하다가 뒤주에 갇혀 죽은 죄인으로만 알기 쉬운데 책을 열심히 읽은 독서가로도 알아준다면 책을 남긴 보람이 있을 것이다.

남편이 뒤주에 있는 동안 나 역시 물 한 모금 밥 한 숟갈 먹을 수 없었다. 남편을 따라 열흘 이상 금식하여 자진한 화순옹주 생각이 많이 났다. 세손만 없다면 차제에 화순옹주의 본을 따르고 싶은 마음이 간절했다. 화순옹주는 친자식이 없었기에 자진 결심을 단단히 할 수 있었는지도 모른다.

남편이 뒤주에 있는 그 참혹한 기간에 주변의 강권으로 미음 같은 것을 조금만 마셔도 화순옹주가 그랬던 것처럼 토하기 일쑤였다. 남편의 혼에 빙의된 듯 나는 잠자리에 들어서도 남편이 뒤주에서 취하고 있을 자세로 굳어져 있었다. 남편이 당하고 있을 모든 고통이 나에게로 전해져 왔다.

남편을 은밀히 지지하는 소론이 을해옥사 때 대거 처형되고 노론이 득세하기 시작하자 남편은 더욱 불안해하고 살해의 공포까지 토로했다. 부친도 노론이긴 했으나 딸의 남편인 세자를 옹호할 때가 많아 노론들 사이에서 의심의 눈초리를 받기도 했다.

대조는 노론의 세력이 커지자 탕평책을 내세워 견제하기에 급급했다. 남편이 승정원에 하령을 내렸다가 무엇을 뉘우치느냐고 대조에게 채근질당하여 쓰러지기까지 했던 그 무렵, 대조는 노론의 형세에 온통 신경을 쓰고 있었다.

대조는 대신들의 간언을 받아들여 을해옥사 기록을 책으로 편찬하려고 했다. 찬수청纂修廳을 설치하고 편찬할 책 이름을 『천의리편감』으로 했다가 나중에 『천의소감』闡義昭鑑으로 바꾸었다. 의로움을 널리 밝힌다는 뜻이었다.

이종보를 우참찬으로 삼고 영부사 김재로, 영돈녕 이천보, 우의정 조재호를 도제조都提調로 삼았다. 찬집 당상으로는 서종급, 조명리, 정휘량을 임명하고 찬집 낭청으로는 이양천, 송문재, 이성경, 홍인한, 홍경해, 남태저를 임명했다. 거의 노론으로 구성된 편집진이었다.

유월 초에 편찬이 시작되었다가 한 달쯤 지난 후 편찬 방향을 두고 논란이 일어났다. 작은아버지 홍인한이 찬집 낭청으로 참여했으므로 자초지종을 들을 수 있는 기회가 있었다.

작은아버지와 함께 일한 지평 이성경이 대조에게 상소를 올려 역적 김일경의 반교문頒教文을 싣는 문제에 대해 이의를 제기했다. 김일경의 죄를 천명하기 위해서는 그의 글을 싣는 것이 마땅하지만 그 내용이 너무나 흉패하여 글을 읽는 순간 사람들이 분통하여 견딜 수 없을 거라고 했다. 그러므로 김일경의 글을 싣지 말고 '어느 달 어느 날에 김일경이 교문을 지었는데 흉언의 망측함이 전대의 사책史册에도 없던 바였다'라고만 적어두자고 했다. 그렇게만 해도 김일경의 죄악이 사방에 밝히 드러날 거라는 것이었다. 대조께서 꼭 그 글을 싣겠다고 하면 자신은 찬집 낭청 자리를 내어놓겠다고까지 했다.

을해옥사의 원인을 기술하는 데 있어서도 의견 차이가 있었다. 도제조 김재로는 남인이 인현왕후 민씨를 폐서인시킨 후 장희빈을 등에 업고 정권을 잡은 숙종 십오년 기사환국己巳換局으로까지 거슬러 올라가 그 원인을 캐내려 했다. 기사환국의 원흉 남구만과 유상운의 죄상을 책에 밝혀놓아야 한다는 것이었다.

하지만 우의정 조재호와 당상 조명리, 지사 원경하의 생각은 달랐다. 너무 멀리까지 원인을 찾다가는 역적의 이름으로 책에 실릴 사람이 지나치게 많아져 그 후손들은 벼슬길이 막힐 것이므로 을해옥사 전후로 한정하자고 했다.

이런 논쟁이 심해지자 대조는 구월 하순 영의정 이천보와 대신들을 불렀다.

"이 책을 편찬하려는 까닭은 내 마음이 고통스러워 후세에 알리고자 함이었다. 그런데 어제 김재로가 쓴 책 서문을 읽고는 실로 보약을 먹고 싶은 마음이 없어졌다. 여러 차례 하교하였는데도 끝내 내 뜻을 헤아리지 못하니 이후에는 또 어떤 광경이 벌어질지 모르겠다.

내가 사당四黨으로 하여금 서로 쟁투하지 않게 했으나 이번 봄 옥사로 이미 큰 살육이 휩쓸었는데, 또 서문을 지어서 살육을 불러들이려 하니 이 무슨 억하심정인가? 이제 노론이 없어진 연후에야 나라가 편안하게 되겠다. 남인은 흉역을 범한 자 이외에는 편벽된 논의가 없는데, 유독 노론만이 굳게 고집하여 멈추려 하지 않는다. 내가 어찌 바람이 없는데도 풍랑을 일으킨 것이겠는가? 판부사 유척기는 누워서 일어나지 않으면서 노론의 영수 노릇을 하고 있다."

이천보가 아뢰었다.

"유척기는 본래 충후한 사람이어서 지난번 화당花黨, 낙당駱黨으로 분당될 때에도 이 사람만은 초연하게 아무 데도 들어가지 않았습니다. 이는 사람이 하기 어려운 일입니다."

대조는 이천보의 말을 듣는 둥 마는 둥 하고 말을 이었다.

"이광좌가 죄를 입은 것은 소론의 영수라는 이유 때문인데 어찌 유의할 줄 모르는가? 내가 보건대 노론이 당론을 하지 않은 연후에야 다른 날 눈을 감을 수 있겠다."

이광좌를 언급한 것은, 노론 사대신이 처형된 신임옥사 때 주동자 역할을 한 소론 오대신인 이광좌, 조태억, 최석항, 유봉휘, 조태구를 대역죄로 처벌해달라는 노론의 상소가 있었기 때문이었다. 다른 사람은 몰라도 영의정으로까지 발탁했던 이광좌는 대조가 아끼는 대신이었다.

이광좌는 소론이긴 하지만 온건파인 완론으로, 소론 강경파 준론이 일으킨 이인좌의 난을 진압하는 데도 공을 세웠다. 이미 죽은 이광좌에게 대역죄를 추시한다면 나머지 소론 완론 대신과 신하들도 조정에서 축출해야 할 판이었다. 하지만 노론 세력을 견제하기 위해서도 소론 완론파가 조정에 남아 있어야 했다.

『천의소감』을 편찬하는 과정에서 노론끼리도 의견이 맞지 않아 논쟁이 계속 벌어졌다. 대조는 결국 찬수청을 혁파하여 폐기하라 명했고, 대신과 신하들은 당황하여 어쩔 줄 몰랐다.

대조가 새벽에 진전에 가 아뢰겠다면서 대처분이 있을 것이니 백관들은 홍화문 밖에 모이라고 하교했다. 도대체 대처분이란 무엇을 의미하는가? 늙었지만 아직은 중국 고대 명검인 태아검太阿劍을 손에 쥐고 있다는 말까지 했다니 신임옥사, 을해옥사 같은 참변이 다시 벌어진단 말인가. 신임옥사가 노론을 소탕했다면 을해옥사는 소론을 소탕한 셈인데, 이제 한 해가 지나지도 않아 또 하나의 을해옥사가 일어나 노론이 소탕당하는 것인가. 대신과 신하들은 두렵기 그지없었다.

영의정 이천보를 비롯한 조정 신하 일흔여 명이 초저녁부터 시작하여 새벽까지 홍화문 앞으로 모여들어 길거리가 수레와 가마로 가득 메워졌다. 부친과 작은아버지도 홍화문으로 달려갔다. 밤하늘에서는 태아검 같은 번개가 번쩍이며 허공을 가르고 있었다.

신하들은 허겁지겁 승정원에 각자 상소문을 올리기도 하고 연명하여 올리기도 했다. 마치 과거 시험장에서 답안지 시권試券을 올리는 모습과 비슷했다. 한결같이 다시는 당론을 하지 않고 당쟁을 벌이지 않겠다고 고백했다. 일종의 계약서 내지는 증빙서를 제출하는 셈이었다.

대조는 동영 입직군에게 홍화문을 호위하라고 했다. 신하들 가운데 상소문을 올리지 않는 자가 있어서 체포하려고 했던 모양인데 얼마 후 호위령을 취소했다.

대조는 승정원에서 올라온 상소문들을 읽어본 후에 진전으로 가서 배알하고 아뢰었다.

"불초소신이 삼십 년 동안 임금 노릇을 하고 있으나 다스리는 효과가 막연하고, 당습이 날로 치열해지고 있습니다. 경종대왕 즉위년 이후에는 임금을 무시하고 각기 당을 세워 서로 치우쳐 다투었습니다. 그 폐단이 이어져 심지어 신축년, 임인년에는 집집마다 뜻이 달라 서로 살육을 행하여 무신년 이인좌의 난까지 일어났습니다.

금년에 이르러 그 유래를 따져 보면 고장난명孤掌難鳴으로 노론, 소론, 남인, 북인에게 모두 그 허물이 있습니다. 십오륙 년 전에도 큰 살육이 있었다고들 하지만 금년에는 참형을 당한 자가 무려 수백 명이나 됩니다.

비록 그들이 패역한 무리라 스스로 벌을 재촉한 것이라 해도 나라의 원기가 이로 인해 크게 손상되었습니다. 국문을 마쳐 안팎이 다소 잠잠해졌으니 정백한 마음을 모아 서로 돕고 공경하는 것이 오늘의 급선무입니다.

오늘 노론이 상소하여 자신들의 죄를 자백했으니 전화위복으로 삼을 큰 기회입니다. 마땅히 정전에 좌정하여 중외에 하교를 반포하면, 지금 이후부터는 노론, 소론, 남인, 북인이 다시 당습을 하겠습니까? 각 당의 영수들이 다시 살아나 조정에 선다 해도 어찌 다른 마음을 품겠습니까?"

대조는 사관에게 명하여 앞으로 가까이 와서 자세히 기록하게 했다. 이어서 명정전 월대에 나아가 반교하였다. 대개 진전에 아뢴 내용과 비슷했는데 거기에다 연좌제 확대 금지를 덧붙였다.

"이 사람은 누구의 지친至親이고 인척이다, 누구의 친구이고 문생門生이다 하면서 끌어들여 얽어넣으면 남을 무함하는 죄로 처벌하겠다."

대조는 이번에 올라온 상소문들을 석실에 보관하도록 명하며 석실을 화로에 비유했다.

"마치 화로 안에다 금을 녹이는 것과 같아서, 비록 금과 철이 다르더라도 저절로 합쳐져 하나가 될 것이다."

금과 철같이 서로 다른 당파가 탕평책이라는 화로 안에서 함께 녹아 하나가 되는 꿈을 대조는 여전히 꾸고 있었다.

노론 신하들의 자백서를 받아본 대조는 이튿날 찬수청을 다시 개설하라고 명했다. 원경하의 권유를 따라 신만, 서명민, 이정보, 남태제를 찬수청 당상으로 삼았다. 홍화문 앞에서 상소문을 올리지 않은 판부사 유척기, 판서 조관빈, 판서 박치원은 파직 처분했다.

십일월 하순에 드디어 『천의소감』이 완성되었다. 대조는 그동안 수고한 찬수 당상과 낭청들을 불러 상을 내리고 공로패 철권鐵券을 나눠주었다. 철권에는 책머리에도 쓴 '성의를 다하여 찬수하여 의를 밝히는 데 공이 있다'는 글자를 새겨넣었다. 철권에는 죄를 지었을 경우 면죄되는 횟수가 적혀 있기도 했다. 철권의 왼쪽 부절符節은 공신에게 주고 나머지 오른쪽 부절은 대궐에 보관하고 있다가 나중에 합절해보고 진위를 확인했다.

『천의소감』은 다섯 곳의 사고에 각각 한 권씩 소장하게 하고 판본은 사각史閣에 간직하도록 했다.『천의소감』은 을해옥사로 오백여 명이 참형된 사건이 의로운 처분이라는 변증인 셈이었다.

남편은 노론들이 모여 편찬한『천의소감』이 과연 진실한 기록인지 회의하는 말들을 간혹 흘렸다.

"역사에서는 이기는 자가 의로운 자라 이거지."

제8일

숨을 쉬기가 점점 더 어려워진다. 얼마 전처럼 뒤주 한구석에 구멍이 나 있으면 모를까 공기가 들어올 여지가 없다. 한 마리 쥐라도 밤중에 몰래 다가와 뒤주를 갉아먹었으면 좋겠다. 하지만 지금은 뒤주에서 쌀 냄새가 나기보다 살 냄새, 그것도 썩어가는 살 냄새가 날 것이다. 살 냄새를 맡고 쥐가 다가올 리는 없다.

내가 한 마리 쥐가 되는 상상을 해본다. 쥐가 안에서 뒤주 한구석을 갉기 시작한다. 마침내 구멍이 뚫리고 시원한 공기가 새어 들어온다. 뒤주를 갉던 쥐가 구멍으로 나가지 않고 오히려 나에게 덤벼든다. 내 콧구멍으로 파고들려고 한다. 나는 숨이 막혀 헐떡인다. 물 한 모금 공기 한 줌 없는 공간이다.

나는 굶어 죽는 게 아니라 공기가 없어 질식해 죽을 것이다.

그래도 미량의 공기는 있는지 겨우겨우 숨이 쉬어진다. 숨을 조금만 쉬지 않아도 죽고 마는 인간은 얼마나 연약하기 그지없는 존재인가.

무수한 아기들이 세상에 태어나서 첫 숨을 쉬지 못해 죽어간다. 첫 숨을 쉬긴 쉬었으나 너무 늦게 쉬는 바람에 이미 뇌가 망가지고 몸이 망가져 며칠 만에, 일이 년 만에 죽는 아기들도 셀 수 없이 많다. 그 시기에 전염병이라도 돌면 더욱 치명적이다.

아버지의 생모 숙빈 최씨도 첫아들을 두 달 만에 잃었다. 희빈에서 왕비가 된 장씨 둘째 아들도 열흘 만에 죽었다.

최씨는 일찍이 부모를 잃고 일곱 살에 궁궐에 들어와 침방내인으로 바느질만 하다가 인현왕후 중궁전의 지밀내인으로 발탁되었다. 인현왕후가 희빈 장씨에게 왕비 자리를 내어주고 폐비로 전락하자 최씨는 다시 침방내인 신세가 되고 말았다. 그런 중에 유학 김춘택의 도움으로 임금의 승은을 입게 되었다.

김춘택은 인경왕후의 오라비 김진구의 아들로, 종조부 김만중이 쓴 『구운몽』과 『사씨남정기』를 한문으로 번역할 만큼 문장과 시화에 빼어났다.

인경왕후 김씨는 열 살 때 세자빈으로 간택되었고 왕비로 책봉된 후 두 딸을 낳았지만 아기들은 태어나서 얼마 되지 않아 죽고 말았다. 김씨도 스무 살에 홍역에 걸려 승하했다.

여섯 달 후 숙종대왕은 인현왕후 민씨를 계비로 맞아들였다. 이미 임금의 승은을 받은 장씨가 첫아들을 낳고 그 아이를 임금이 원자로 책봉하려고 하자 중전 민씨를 지원하던 서인西人들이 들고일어났다. 아직 중전이 젊어 얼마든지 출산이 가능한데 후궁의 아들을 원자로 책봉할 수 없다는 것이었다. 숙종대왕은 원자 책봉을 반대하는 서인 세력을 축출해버렸다. 이 기사환국으로 남인들이 다시 세력을 잡게 되었다.

석 달 후 인현왕후 민씨가 폐출되고 희빈 장씨가 왕비로 책봉되었다. 호시탐탐 폐비 민씨의 복위를 노리던 서인들의 영수 김춘택이 궁인의 동생을 첩으로 삼고 왕비 장씨의 오라비 장희재의 처와도 간통하여 그 둘을 세작細作으로 삼아 남인들의 동향을 살폈다.

김춘택은 김인을 매수하여, 남인들이 음모를 꾸며 임금이 사랑하는 후궁 최씨를 독살하려 한다는 상소를 올리게 했다.

또한 최씨에게 독살고변이 있을 거라고 알려주면서 임금의 마음을 돌이키라고 지시했다.

김춘택은 최씨가 후궁이 되기 전부터 최씨의 후원자 노릇을 했다. 최씨가 침방내인에서 지밀내인으로 승격하는 데도 힘을 써주었다. 훤칠하게 잘생긴 한량 김춘택과 궁중에서 제일 예쁘기로 소문난 최씨 사이에 연정이 불타는 것은 인지상정이었다. 왕비 장씨의 올케까지 호릴 정도로 김춘택은 방중술도 뛰어났던 모양이다.

임금 재위 이십년 삼월 이십구일 동틀 무렵, 유학 김인, 서리 박귀근, 보인 박의길이 정전 앞문인 차비문差備門으로 들어와서 고변서를 올렸다. 임금이 고변서를 국청에 내려보내고 고변자들은 잡아서 문초하게 했다.

고변서에는 김춘택이 후궁 최씨에게 미리 말해준 그대로 왕비의 오라비 장희재가 김해성을 돈으로 매수하여 그 처로 하여금 최씨를 독살하려 한다는 내용이 적혀 있었다. 김해성의 처는 최씨의 숙모였다. 그리고 남인의 영수 우의정 민암을 중심으로 신천군수 윤희, 훈국별장 성호빈, 호조판서 오시복, 병조판서 목창명 등이 반역을 도모하고 있다는 내용이 담겨 있었다. 그런데 증거로 제시한 편지 글에는 문안인사만 있을 뿐 반역의 기미를 나타내는 문구는 찾아볼 수 없었다.

고변서가 언문으로 쓰여 있었기 때문에 임금이 편하게 읽도록 신하들이 한문으로 번역하여 예서체로 써서 다시 올렸다. 임금은 고변서를 읽고 이런 흉측한 일이 일어날 줄 이미 알고 있었다면서 당장이라도 남인들을 처벌할 듯이 말했다. 하지만 고변당한 신하들이 고변서의 문제점들을 지적하며 변명하자 "진실로 그러하다"고 비답하여 남인들의 죄를 더 이상 묻지 않을 것처럼 했다. 남인들은 안도의 한숨을 쉬며 어전을 물러났다.

그러나 바로 그다음 날 밤중에 임금은 영의정 권대운, 좌의정 목내선, 우의정 민암 등 주요 남인 대신들과 당상들을 파직하거나 성밖으로 내치는 문외송출, 먼 섬으로 유배하는 절도안치로 처벌하라는 비망기를 승정원에 내렸다.

승정원에서 당황해 마지않으며 비망기를 번복해달라는 복역계覆逆啓 초안을 작성하고 있는데 두 번째 비망기가 내려왔다.

"비망기가 승정원에 내려진 지 이미 오래되었으나 보고가 아직도 올라오지 않고 있다. 머리를 모으고 상의하여 어떡해서든지 빠져나가려는 정상情狀이 참으로 통분하고 놀랍다. 입직한 승지와 옥당들도 모두 파직하라. 이번 복역 논의는 집에 있는 삼사三司 승지들도 분명 모를 리 없으니 그들도 파직하라."

조정 업무가 제대로 돌아가지 않을 만큼 수많은 대신과 관원이 처벌받았다. 바로 그날 임금은 입직한 오위장 황재명을 특명으로 가승지假承旨로 삼아 영의정에 서인 남구만을 임명하는 등 재빠르게 대대적인 인사조치를 단행했다.

세력을 잡고 있던 남인들을 모조리 서인으로 물갈이한 셈이었다. 이렇게 임금이 하루아침에 전격적인 조치를 취한 데는 나의 할머니 숙빈 최씨의 잠자리 송사가 큰 영향을 미쳤을 것이다.

결국 폐비 민씨는 복위되고 왕비 장씨는 다시금 희빈으로 강등되고 말았다. 김만중이 『사씨남정기』에서 예견한 그대로 이루어졌다. 이를 갑술환국甲戌換局이라고 하는데 조선 왕조는 수많은 환국換局의 역사로 점철되었다 해도 과언이 아니다. 환국에는 반드시 처참한 옥사가 동반되었다.

서인들이 다시 세력을 잡고 으스댈 무렵, 숙빈 최씨가 둘째 아들을 낳았다. 그 아들이 바로 나의 아버지다.

그런데 항간의 사람들은 나의 아버지의 아버지가 임금이 아니라 김춘택이라고 수군거렸다. 자라나는 아버지의 외모가 임금을 닮지 않고 김춘택을 닮아간다는 것이었다.

아버지는 자신의 생모가 무수리에 가까운 침방내인 고아였다는 사실에 깊은 열등감이 있는 데다 임금의 핏줄도 아니라는 소문에 마음이 뒤집힐 수밖에 없었다. 그러고 보면 나도 한 대에 걸쳐서만 임금의 핏줄일 뿐 역대 왕들과는 상관이 없는지도 모른다.

내가 그림 그리기를 좋아하고 소설 읽기를 즐기고 풍류에 젖기를 좋아하는 것도 어쩌면 김만중, 김춘택의 피가 흐르고 있기 때문일 수 있다. 아버지의 빼어난 문장과 글씨에도 그런 의문이 든다. 아버지가 지나치게 자주 '삼종혈맥'을 강조한 것도 의심스럽다.

아버지가 즉위하고 사 년이 되던 해 무신년 이인좌의 난이 일어났다. 그때 잡혀온 무수한 역도들이 거듭거듭 문초를 받고 참형을 당하면서도 죄를 뉘우치기는커녕 아버지에 대한 독설을 내뱉기 일쑤였다.

"당신은 우리의 임금이 아니오. 당신은 형을 독살하고 임금 자리를 찬탈한 역적에 불과하오."

"당신은 임금의 핏줄도 아니오. 패역 죄인 김춘택과 무수리 사이에서 태어난 사생아일 뿐이오."

이런 독설들은 죄인 문초 기록인 옥안獄案에는 차마 실릴 수 없었다.

또한 아버지에게 늘 걸림돌이 되었던 것들 중 하나는 '임인옥안'壬寅獄案이었다. 아버지가 임인년에 경종대왕을 폐위시키기 위해 역적들과 공모했다는 옥안이었다. 경종대왕이 즉위한 지 이 년도 지나지 않아 왕세제인 아버지를 대리청정 소조로 세워야 한다고 상소한 신하들이 폐위 역모 혐의를 받았고, 그 배후에 아버지가 있다는 것이었다. 경종대왕이 혐의 없다고 풀어주었는데도 그 기록은 그대로 남아 있었다.

소론들이 노론을 견제하기 위해 엮어서 만든 그 옥안을 없애기 위해 아버지는 조심스럽게 소론 신하들을 설득하여, 결국 소론이 작성한 임인옥안을 소론 스스로 없애도록 하는 데 성공했다. 아버지가 을해옥사를 정당화하는 기록을 『천의소감』으로 굳이 남겨놓으려고 했던 것도 임인옥안의 영향이 컸던 셈이다.

임금을 시해하려고 모의한 자로 나를 처형하는 것이라면 나의 죽음도 일종의 옥사가 되는 것인가. 임오옥사인가. 나와 연관되어 줄줄이 참형을 당할 자들은 누구인가.

나는 여전히 실 한 오라기 걸치지 않고 벌거벗고 있다. 옷을 제대로 입지 못하는 나는 한번 입었다 하면 벗지를 못하고 한번 벗었다 하면 벌거숭이로 있는 것이 훨씬 편했다. 다른 사람들이 보지 않을 때는 거의 옷을 벗고 있었다. 아내는 내 의대증을 알아서 그런지 묵묵히 참고만 있었다.

한번은 내가 벌거벗은 채로 내인들 스무 명쯤 관희합으로 불러모아 모두 옷을 벗도록 했다. 내인들은 어쩔 줄 몰라 하며 눈물을 흘리면서 저고리를 움켜쥐기만 했다. 내가 칼을 들어 위협하자 할 수 없이 옷들을 벗기 시작했다. 하나같이 내가 겁탈이라도 할까 싶어 긴장하고 있었다. 내가 도교 경전과 『성경직해』에서 주워들은 이야기를 해주었다.

"원래 인간은 낙원에서 옷을 입고 있지 않았다. 벌거벗었으나 아무도 부끄러워하지 않았단 말이다. 그런데 인간이 죄를 짓기 시작하면서 옷을 입기 시작했어. 죄를 짓지 않고 옷을 입지 않았다면 짐승들처럼 우리 몸에도 털이 났을 거야. 짐승들치고 옷을 입는 거 본 적 있어? 인간만 죄가 많아서 옷으로 자기를 가리는 거야. 화려한 옷을 입고 있는 자들일수록 가려야 하는 죄가 많다는 거지. 세상에서 가장 화려하고 복잡한 옷을 입는 자가 누군가? 그자가 바로 세상에서 죄가 제일 많은 거지."

내인들은 내 입에서 '임금'이라는 말이 나올까봐 사색이 되어갔다. 모두들 한 손으로는 가슴을 가리고 한 손으로는 아래를 가리고는 몸을 움츠리며 같은 말만 반복했다.

"황공하옵니다. 황공하옵니다."

"자, 두 손 다 올리고 호숭呼嵩하라!"

내인들이 머뭇거리며 두 손을 떨고 있었다.

"호숭하라니까!"

내가 또 칼을 빼들자 내인들이 여전히 떨면서 두 팔을 위로 올렸다.

"만세! 만세!"

"천세! 천세!"

목소리도 떨리고 있었다.

"더 크게!"

"천세! 천세! 만세!"

하지만 나는 천세도 하지 못하고 만세도 하지 못하고 이제 곧 벌거숭이 몸으로 관에 들어갈 것이다. 세상에 나올 때 벌거숭이로 왔으니 세상을 떠날 때도 벌거숭이로 가는 것이 당연하다. 세자에서 폐서인된 신세이니 장례나 제대로 치러줄지 모르겠다. 불교의 중들처럼 그냥 태워버리면 간단할 텐데. 땅속에서 썩으나 연기로 사라지나 마찬가지인데 말이다.

아무리 사랑했던 사람도 시신으로 변하는 순간 빨리 치워야 하는 흉물이 되고 만다. 그 흉물을 어떻게 그럴듯하게 처리하느냐 궁리하다가 이상야릇한 장례 절차들을 만들어냈다.

인조대왕의 둘째 아들 효종대왕이 죽었을 때 계모인 대비의 복상기간을 삼 년으로 하느냐 일 년으로 하느냐로 남인과 서인이 치열하게 싸우다가 서인이 남인을 몰아내는 데 성공했다. 둘째 며느리 왕비가 죽었을 때도 그 문제로 다투다 이번에는 남인이 서인을 몰아냈다. 피비린내 나는 그 정쟁은 '둘째'라는 조건 때문에 일어난 셈이었다.

이 얼마나 허공을 치는 일인가. 이런 논쟁으로 세월을 보내며 정적들을 죽이기에 여념이 없었다니, 장례가 죽은 사람 보내는 예식이지 산 사람 죽이는 횡액이 아니지 않은가.

조선의 임금은 즉위하자마자 귀후서歸厚署에서 관부터 만든다. 귀후서는 공용이든 사용이든 관을 만드는 관청이다. 관을 잘 만들어 죽은 자를 보내면 덕이 후하게 돌아온다고 해서 '귀후'라고 한다.

임금의 관은 물론 최상의 재료인 붉고 누런 소나무 황장목으로 만든다. 벽椑과 대관으로 된 이중관인데 임금이 돌아가실 때까지 해마다 벽에 옻칠을 하고 팥알을 뿌려둔다. 마침내 옻이 두터워지고 굳어져서 그야말로 단단한 옻벽이 된다. 그러니까 임금은 관부터 짜놓고 임금 노릇하라는 말이다.

나는 그냥 연기가 되어 허공으로 흩어지고 싶다. 뼈까지 깨끗이 타버려 세상에 뼛가루 한 줌도 남기지 않고 떠나고 싶다. 내가 죽으면 누가 이 뒤주째 불에 던져주면 좋겠다. 뒤주가 장작이 되어 이 추악한 몸을 태워줄 것이다. 나를 가두고 있던 뒤주가 나를 훨훨 날아가게 해줄 것이다.

낙선당 촛대가 넘어져 불이 났을 때 아버지는 내가 불을 질렀다고 의심했다. 함인정에 대신과 신하들을 모아놓고 나를 꾸짖었다.

"네가 불한당이냐? 불은 왜 질렀느냐?"

나는 사실 불이 난 줄도 모르고 춘방관들을 쫓아내느라고 낙선당에서 덕성합으로 달려나가기에 바빴다.

불이 나기 전 내가 술을 마시지도 않았는데 흐트러진 내 모습을 아버지가 보고는 누가 술을 주었느냐고 다그쳤다. 그때 변명을 해주지 않은 춘방관들이 미워서 화풀이를 했다. 원인손을 비롯한 춘방관들이 낙선당으로 들어오기에 나가라고 고함을 쳤다. 그런데도 춘방관 임무를 다하려고 그랬는지 다들 그대로 서 있었다.

"너희 놈들이 부자간을 화목하게는 못할망정 오히려 내가 원통하고 억울한 말을 듣게 했다. 너희들이 말 한마디 변명해주지 않고 감히 여기를 들어오느냐. 그래도 최상궁은 내가 술을 마시지 않았다고, 술 냄새가 나는지 맡아보시라고까지 했다. 너희들은 녹봉祿俸만 받아처먹고 바른 말을 못 하니 무엇에다 쓰겠느냐. 썩 나가라!"

내가 벌떡 일어나 쫓아낼 기세를 보이자 춘방관들이 급히 물러나고 내가 뒤쫓아갔다. 그런 중에 촛대가 나도 모르게 넘어졌는지 어떤지는 알 수 없다. 내 옷자락에라도 닿아 넘어졌다면 아버지 말이 맞을 수도 있고 다른 원인으로 넘어졌다면 음주 누명을 썼을 때처럼 억울한 일이었다.

이전에도 누가 가져온 술을 마셨느냐고 아버지가 하도 다그쳐서 밧소주방 큰내인 희정이가 가지고 왔다고 거짓말을 한 적이 있지만, 이번에는 내가 불을 질렀다고 또 거짓말을 하고 싶지 않았다.

내가 선뜻 대답을 하지 못하고 머뭇거리고 있자 아버지가 끌끌 혀를 찼다.

"이제 궁궐을 다 태워먹을 작정이구나."

그때 낙선당 남쪽 창문에서 시작된 불이 좀 떨어져 있는 양희합까지 태워버렸다. 다행히 낙선당과 나란히 있는 관희합에는 불이 번지지 않았다. 관희합은 다섯 살 아들 이산이 기거하는 곳이었다.

아내는 청선을 임신한 지 육 개월쯤 되어 몸이 무거웠는데도 경춘전에 있다가 화재 소식을 듣고 섬돌을 뛰어넘으며 관희합으로 달려갔다. 자고 있는 아기를 허겁지겁 깨워 보모에게 안겨 경춘전으로 데려가도록 했다.

아버지가 나를 화재범으로 지목하고 나자 희한하게도 아버지의 말대로 궁궐을 다 태워버리고 싶은 충동이 일어났다. 궁궐과 함께 나도 타버리고 싶었다. 그러나 나는 불 속으로 뛰어들지 못하고 저승전 앞뜰 우물로 몸을 던졌다. 우물 속으로 떨어지려는 순간 누가 뒤에서 옷을 끌어당겨 붙잡았다.

뒤주가 갑자기 우물 안으로 떨어진 것 같다. 뒤주가 물에 푹젖어가는 것을 느낀다. 오랜만에 바깥에서 비가 쏟아지고 있는 모양이다. 빗줄기가 뒤주를 때리는 소리도 들린다. 비가 내리고 있다면 빗물이 뒤주 틈으로 새어 들어올 수도 있다. 빗소리를 들으니 갈증이 더욱 되살아난다. 물 한 방울이라도 뒤주 안으로 떨어졌으면.

뒤주 안을 급히 둘러보지만 캄캄하여 보이는 것이 없다. 두 손을 뻗어 어디 물방울이 떨어지는 데는 없나 더듬어본다. 간신히 물 한 방울이 손바닥에 닿는 것을 느낀다. 얼른 손바닥을 입으로 가져와 핥는다. 물 한 방울이 혀에 닿았는데도 바리공주의 생수를 맛본 듯 정신이 조금 돌아온다.

빗소리가 점점 커진다. 하늘에서 콩과 팥알들이 쏟아져 뒤주를 때리는 것 같다. 뒤주를 지키는 군사들이 물러가는 기척이 느껴진다.

아버지는 좀체 능행陵行에 나를 데리고 가지 않았다. 능행을 따라가면 아버지와 함께하는 것이 부담스럽기도 했지만 많은 신하들이 수행하고 있어 완충지 역할을 해주었다. 무엇보다 궁궐을 정식으로 빠져나올 수 있어 마음이 트이고 삽상해졌다.

능행에 함께 가자고 하지 않던 아버지가 어쩐 일인지 사 년 전에는 홍릉 능행에 수가隨駕하라고 명했다. 홍릉은 내 법통 어머니 정성왕후가 묻힌 능으로 고양에 있었다. 숙종대왕과 인원왕후의 명릉도 바로 근처에 있었다.

팔월이 시작되는 날, 아버지가 융복 차림으로 능행에 임하고 문무백관과 내가 따랐다. 검암에 이르렀을 때 소나기가 억수같이 내렸다. 말들과 수레가 진흙탕에 빠지고 능행 행차가 지체되었다. 비를 막는 데도 한계가 있어 나는 흠뻑 젖고 말았다. 몸이 으스스 떨려왔다. 아버지가 내 몰골을 보더니 한심하다는 듯 핀잔을 주었다.

"그리 몸이 약해서야. 이만한 비도 이기지 못하다니. 옷을 그 모양으로 입고 왔으니 한기가 들 수밖에. 능침陵寢까지 가 보았자 제대로 배알도 못 할 테니 그냥 돌아가라."

"아닙니다. 괜찮습니다. 어떻게 나온 능행인데 돌아갈 수 있겠습니까."

"내가 괜찮지 않다. 왜 갑자기 비가 쏟아져 우리를 막는 줄 아느냐? 다 너의 비행 때문에 하늘이 노해서 그렇다. 속히 돌아가라."

처음에는 아버지가 내 병을 염려하는 줄 알았는데 알고 보니 내가 비를 몰고 왔단다. 나라에 가뭄이 들어도 내 탓이고 홍수가 져도 내 탓이고 천둥 번개가 쳐도 내 탓이란다.

수행원 몇 명과 함께 궁궐로 돌아오는 길에 나는 쏟아지는 소나기에 그대로 젖으며 눈물을 쏟았다. 너무 분해서 곧바로 환궁하지 못하고 경영고 군영에 들러 애먼 군사들에게 화풀이를 하고 돌아왔다.

그때는 초가을이었고 지금은 한여름이다. 이리 비가 쏟아지다가는 장마가 질지도 모른다.

한성에 장마가 지면 청계천이 넘쳐 민가를 덮치기 일쑤였다. 아버지는 삼 년 전에 백성과 신하들의 의견을 듣고 청계천 바닥을 파내기 위해 준천사濬川司를 설치하여 내 장인과 이창의, 홍계희를 준천당상으로 삼고 공사를 시작했다. 개천을 함부로 건드려서는 안 된다는 금기 때문에 세종대왕 때부터 삼백 년 동안이나 한 번도 준천하지 않은 청계천이었다.

준천 공사에 만여 명의 백성이 자원하여 흙판과 가래, 삽 들을 들고 와서 참여했다. 아버지는 수만 냥을 들여 일꾼들을 사서 투입하기도 했다.

청계천을 준천하는 동안 해골들이 계속 나와 정성껏 장례를 치러주었다. 아버지는 그 해골들이 굶주리다가 청계천으로 떨어져 죽은 자들일 거라고 애석해했다. 아버지는 신하들의 만류에도 불구하고 비가 쏟아지는 날에도 청계천에 나가 공사를 감독했다. 나도 종종 따라가서 함께 살폈다.

봉조하 유척기가 준천 공사에 대해 이의를 제기했다.

"지금 이 모래를 모두 천변에 쌓아두거나 길 위에 깔 경우, 모래는 흙과 달라 장마가 져서 냇물이 넘치면 천변에 쌓아둔 모래가 저절로 무너져 내릴 수 있고 또 길 위에 깔아놓은 것도 모두 내로 흘러 들어갈 것입니다. 그러면 지금 비록 준천을 하더라도 내가 금방 다시 막히고 말 것입니다."

아버지는 모래를 멀리 운반하는 데도 많은 돈을 들여야 했다. 아버지가 내 장인에게 물었다.

"이번에 준천을 하고 나면 몇 년이나 버틸 수 있겠는가?"

장인이 대답했다.

"그 효과가 백 년은 갈 것입니다."

아무래도 장인이 좀 과장하여 대답하는 것 같았다. 청계천 준천 공사는 일 년도 안 되어 마무리되고 장마가 져도 민가가 폐해를 덜 입게 되었다. 하지만 해마다 모래가 바닥에 쌓여 한 번의 준천으로 해결될 문제가 아니었다. 준천 공사가 끝난 지 이 년은 지났으므로 이번에 장마가 지면 청계천이 또 범람하게 될 것이다.

비가 계속 쏟아져 여기 창경궁에도 홍수가 날지 모른다. 명정전, 문정전에 빗물이 차오르고 숭문당까지 큰물이 몰려온다. 뒤주가 기우뚱하더니 붕긋 떠오른다. 뒤주가 흔들리며 물길을 따라 떠내려간다. 남월랑을 넘고 명정문을 지나 옥천교에 이른다.

뒤주가 옥천을 따라 청계천으로 흘러간다. 청계천에는 온갖 오물과 폐물들이 함께 떠밀려온다. 뒤주는 청계천을 지나 한강에 이르고 드디어 서해 바다에 둥실 떠오른다. 바리공주처럼 떠내려가다 어느 섬에 닿아 누가 건져줄지도 모른다.

뒤주가 또 흔들린다. 바다 물결에 흔들리는 게 아니라 군사들이 흔들고 있다.

빗소리가 약해진다. 홍수가 나서 뒤주가 떠내려가기를 바랐으나 소원대로 되지는 않을 것 같다. 물방울도 서너 개 더 떨어지다가 그쳤다. 정말 비도 새지 않게 뒤주를 동아줄로 꽁꽁 묶은 모양이다.

뒤주 안이 조금 시원해지긴 했지만 습기로 축축하다. 몸 구석구석에 습창이 피어날지 모른다. 뒤주에도 여기저기 곰팡이가 피었는지 퀴퀴한 냄새가 난다.

정신이 깜빡깜빡하는 중에도 후각은 여전히 살아 있는 모양이다. 사람이 죽을 때 끝까지 살아 있는 감각이 청각이라고 했던가. 장모가 정성왕후 승하하기 일 년 전 가을에 돌아가셨는데, 임종시에 내가 왔다고 말하니 의식이 없는데도 눈물 한 줄기가 오른쪽 눈에서 조용히 흘러내렸다. 죽어가면서도 내 목소리를 들었구나 싶어 놀라고 말았다.

내가 세상을 떠나는 순간, 마지막으로 어떤 소리를 들을 것인가. 어머니와 아내, 아이들의 곡읍 소리는 들을 리 없고 뒤주 흔들리는 소리나 들을 수 있을 것인가.

누가 또 뒤주를 흔든다. 그냥 죽은 척 가만히 있어볼까. 그러면 군사들이 뒤주 묶은 동아줄을 풀고 띠를 얹은 천판을 들어올릴 것이다. 하지만 이제는 벌떡 일어나 달아날 기력이 한 줌도 남지 않았다. 그렇더라도 잠깐 하늘이 열리고 공기가 새로워지기는 할 텐데.

이번에는 뒤주가 더 세게 흔들린다. 내 머리가 뒤주 벽에 부딪혀 나도 모르게 그만 "어" 소리를 낸다.

"끈질기게 살아 있네."

우렁찬 목소리가 들린다. 저 목소리는 귀에 익다. 금위대장 구선복이다. 포도대장, 총융사를 지낸 무장이다. 워낙 빼어난 무장이라 군사들은 그를 '무종'武宗이라 부르며 그림자만 어른거려도 부들부들 떤다.

『성경직해』에서 얼핏 본 계리사독이라는 사내는 오래 있다 죽으라고 십자 모양의 나무에 못박았는데 금방 죽었다고 했다. 그 사내는 나무에 달려 죽고 나는 나무에 갇혀 죽는다. 계리사독은 숨이 넘어가면서 무슨 소리를 마지막으로 들었을까. 사형장까지 따라온 어머니의 곡읍 소리였을까. 자식 하나 없이 죽어간 그 사내는 나무에 달려 놀랍게도 "다 이루었다"고 선언했다.

내가 가장 이해하기 힘들었던 것은 계리사독이 세상 죄를 위해, 세상 죄를 지고 나무에 달려 죽었다는 말이었다. 사서삼경, 도교 경전, 어느 역사서를 보아도 세상 죄를 위해 죽는다는 사람은 없었다. 죄罪라는 한자를 보면 다리가 많이 달린 벌레처럼 징그럽다. 죄벌레가 습창처럼 내 심장을 갉아먹고 내 뇌수를 빨아먹었다.

당쟁에 휩쓸린 신하들은 상대방이 흉측한 죄를 지었다고 상소하기 여념이 없었다. 그리고 걸핏하면 자기가 대역죄인이라면서 이마를 땅바닥에 찧으며 대죄했다. 헤아릴 수 없이 많은 온갖 죄의 목록이『실록』과『승정원일기』에 열거되어 있다. 내가 평생 지은 죄의 목록만 해도 열 권의 책으로도 모자랄 것이다.

이런 인생들의 죄를 세초洗草하듯이 없애준다니. 나 같은 흉적의 죄들도 씻어줄 수 있을까. 임금이 사면령을 내릴 수 있듯이 만물의 임금이라는 계리사독에게도 그런 권한이 있다는 말인가. 뒤주에 갇혀 죽어가는 나에게 죄를 씻어준다고 해서 무슨 소용이 있다는 것인가.

빗소리가 다시 크게 들리기 시작한다. 빗줄기가 거세어진 모양이다. 뒤주 안인데도 이만큼 크게 들린다면 폭우로 변했을 수도 있다. 물 두어 방울이 손바닥에 떨어진다.

콰아아앙. 콰앙.

갑자기 뇌성벽력이 친다.

"으윽."

나도 모르게 신음을 뱉으며 와락 엎드린다. 저절로 온몸이 덜덜 떨린다. 뒤주에 들어와서 처음 듣는 벽력이다. 이전처럼 뇌성보화천존이 뒤주 안에 불쑥 나타난다면 나는 곧 숨이 멎을 것이다.

콰앙카캉. 콰아앙.

하늘을 찢어놓을 듯한 굉음이다. 뒤주도 찢고 내 몸도 찢어놓을 기세다.

내가 지은 죄들 중에 가장 기막힌 죄가 번개처럼 뇌리를 때린다. 나 대신 아버지의 사랑을 독차지한 누이, 딸이 세 살에 죽어 참척까지 당한 누이, 딸이 죽자 곧이어 남편도 죽어 열아홉에 청상과부가 된 누이, 나보다 세 살 어린 친누이를, 참으로 말하기 민망하지만, 그 몸을 범하고 말았다.

쾅, 콰콰쾅, 쾅.

천둥이 나를 향해 내리꽂힌다. 나는 뒤주에 갇혀 죽는 게 아니라 천둥에 터져 죽는다. 번개도 치고 있다면 내가 천둥에 터져 죽기 전에 번개가 먼저 뒤주와 나를 내리쳐주면 좋겠다.

내가 의대증으로 발광하다가 문득 보니 빙애가 피를 흘리며 쓰러져 있었다. 심하게 구타당한 모양이었다. 빙애를 흔들어보았으나 이미 숨을 거둔 후였다. 어떻게 내가 아끼고 사랑하는 여자를 때려죽일 수 있단 말인가.

옆에 있어야 할 아기도 보이지 않았다. 방문을 열고 아기를 던져버린 기억은 희미하게 났다. 아기마저 내가 죽였단 말인가. 연못에 던진 아기는 다행히 내인이 건져 왕대비에게 갖다주었다고 했다.

빙애를 죽이고 나서야 내가 빙애를 얼마나 애련愛戀했는지 새삼 절감할 수 있었다. 내 가슴은 이장하려고 열어놓은 무덤처럼 뻥 뚫려 있었다. 도저히 허전하여 견딜 수 없었다.

나는 내관을 몇 명 데리고 몰래 미행을 나가기 시작했다. 아버지가 알면 나를 쳐죽일지 모르지만 그렇게라도 궁궐을 떠나 있지 않으면 아버지가 나를 죽이기 전에 스스로 먼저 죽을 것 같았다.

주로 북한산성으로 가서 데리고 온 기생들과 절간의 여승들과 어울려 놀았다. 그 여승들은 불교의 도를 구하러 온 불자가 아니라 남편이 역적으로 몰려 멀리 유배를 갔거나 여러 딱한 사정으로 세상을 등지려고 숨어 들어온 여자들이었다. 그래서 그런지 정염情炎에 쉽사리 몸을 맡겼다.

여승들 중에서 안암동 절간의 가선이 얼굴도 무척 요염하고 방중술도 탁월했다. 가선을 궁궐로 데리고 가서 빙애 대신으로 삼기로 했다.

미행에 따라갔던 내관들도 기생을 하나씩 끼고 궁궐로 돌아와 후원 뒤 은밀한 처소에 숨겨두었다. 그 내관들은 양물까지 제거하지는 않고 태어날 때부터 고환이 없거나 고환만 제기한 자들이라 얼마든지 여자를 안을 수 있었다.

미행을 나가지 않는 날은 후원 뒤쪽 으슥한 곳에서 북한산

성에서처럼 놀았다. 금주령이 반포되어 술을 구하기 쉽지 않았지만 내관들은 용케 어디선가 술을 구해왔다.

금주령은 조선 개국 태조대왕 때부터 줄기차게 이어져 내려온 전통이었다. 곡식의 소모가 많고 쌀 품귀 현상이 일어나고 쌀값이 폭등하는 등 폐해가 많아 금주령을 내렸다. 하지만 부작용도 만만찮아 민원이 잦았고 조정에서도 금주령을 해제했다가 다시 반포하는 등 오락가락했다. 태종대왕은 금주령을 내렸으나 술 마시는 사람이 줄어들지 않자 자신부터 술을 끊어 모범을 보여야겠다면서 금주를 철저히 실천하기도 했다.

아버지도 금주령을 시행하다가 해제하면서 "술은 금하지 말되 술주정은 금하도록 하라"고 한 적도 있었다. 그러다가 술의 폐해가 심해지자 금주령을 다시 반포해서 엄격히 단속했다. 금주령을 어긴 신하들은 심한 경우 참형을 당하기도 했다. 제사나 축하연에는 술이 허락되는 경우도 있었는데 내관들이 후원으로 가져온 술은 대개 그런 데서 몰래 빼돌려놓은 것들이었다.

나는 술을 잘 마시지 못해 내 얼굴이나 여자들의 몸에 그냥 쏟아붓는 것을 즐겼다. 주변이 술로 흥건하고 술내가 진동했다. 봄이 한창 무르익고 있어 춘정을 더욱 돋우었다.

그런 와중에 화완옹주를 끌어들였다. 열아홉에 청상과부가 되었으니 독수공방 지키는 그 심리가 어떠할 것인가. 그래도, 아니 그래서 더 아버지의 사랑을 흠뻑 받고 있는 옹주는 나에게 부러운 대상이면서 시기의 대상이기도 했다. 내가 그토록 갈망해도 받지 못한 아버지의 사랑이 옹주의 몸에는 가득 담겨 있지 않은가. 나는 그 사랑을 탐닉했다.

빙애를 죽였을 때처럼 문득 보니 화완옹주, 내 누이 용완이 옷이 찢어진 채 흐느끼고 있었다.

"내 병이 서러워 이러하였다."

"내가 더 서럽습니다."

쿠앙, 콰아앙.

천둥이 이제 멎는다.

내 임종을 지키는 자들이 없더라도 나 스스로 임종을 지켜 주어야 한다. 내가 나를 위해 임종제를 지낸다. 아무래도 옷을 다시 입고 성복成服해야겠다. 무명옷이므로 상복 대용으로 충분하다. 벗어둔 무명 중단을 더듬어 찾는다.

"명주와 무명 중에 어느 것이 사치이고 어느 것이 사치가 아닙니까?"

"명주는 사치이고 무명은 사치가 아니다."

"어느 것으로 옷을 만들어 입으면 좋으시겠습니까?"

"무명으로 해야지."

내가 세 살 무렵에 이렇게 대답했다고 궁궐 기록에 남아 있단다. 아버지가 어릴 때 쓰던 칠보관이 있어 내관이 가져와 내 머리에 씌워주자 "이것은 사치다!" 하고 머리를 흔들었다고 한다.

태어난 지 넉 달 만에 걷고, 여섯 달 만에 아버지의 부름에 답하고, 일곱 달 만에 동서남북을 분간하여 가리켰단다. 두 살에는 글자를 육십여 자 익혀 썼다고 한다.

다식을 올리면 '수복'壽福이라는 글자가 박힌 과자만 먹고 '팔괘'八卦라는 글자가 박힌 과자는 따로 놓고 먹지 않았다고 한다. 태호 복희씨가 그려진 책을 높이 들라고 명하고는 그 앞에 절을 올렸다고도 한다. 세 살짜리가 어떻게 팔괘의 엄중함을 느꼈으며 태호 복희씨가 팔괘와 문자를 발명한 성인이라는 것을 어찌 알았겠는가. 수복 과자만 먹었는데 수복과는 거리가 먼 인생이 아닌가. 무명을 좋아했다는 것은 맞는 말일 수도 있다.

무명옷 상의가 찢어져 어디가 목인지 팔인지 모르겠다. 일단 좀 큰 구멍으로 목을 집어넣는다. 두 팔도 집어넣고 이번에는 바지를 찾는다. 바지는 저쪽 구석에 처박혀 있다. 임성이 가져다준 베적삼은 어디 있는지 알 수 없고 입을 필요도 없다.

상의든 바지든 냄새가 지독하다. 세상의 온갖 오물이 배어든 듯하다. 이 옷이라도 입고 내가 내 임종을 지켜야 한다.

아버지와 어머니가 있는 쪽으로 무릎을 꿇고 절을 올린다. 내가 죽인 사람들, 나로 인해 처형되고 자결한 사람들의 혼령을 향해 절을 올린다. 그 혼령들이 일제히 내가 오기를 기다리며 줄을 지어 서 있다. 황천에도 가지 못하고 너무나 억울하여 구천을 떠돌다가 온 것인가. 나의 죽음 자체가 그들에게는 복수가 되는 듯 그 얼굴들이 험악하지는 않다. 죽음 그 너머는 복수도 용서도 없는 일여一如의 세계인가.

영의정 이천보, 좌의정 이후는 나의 사師와 부傅로서 나의 미행들을 막지 못하고 고하지 않았다 하여 크게 질책을 받았다. 시강원에서 제대로 교육을 하지 않아 내가 빗나가게 되었다는 것이었다. 우의정 민백상도 사부는 아니라 할지라도 나의 미행과 관련하여 심하게 책망을 들었다.

일 년 전 일월 오일에 이천보가 먼저 자결하고 그다음 이월 오일에 민백상이 뒤를 따랐다. 삼월 사일에는 이후마저 목숨을 끊고 말았다. 모두 음독자살이었다.

나라의 삼공三公이 연이어 자살해버린 사례는 전무후무한 일이었다. 조정이 텅 비어버렸다. 장인이 급히 대조의 부름을 받고 우의정에 올랐다.

나는 처음에 세 정승이 우연히 병으로 같은 시기에 죽은 줄 알았다. 이천보는 평소에도 숙환이 있어 종종 사임을 자청했다. 음독자살이었다는 사실은 나중에 내관들을 통해 알게 되었다. 어쩌면 아버지가 분노한 나머지, 자결을 직접 명하지는 않았다 하더라도 책망하는 말 속에 언급했을 수도 있다.

세 정승이 자살했다는 것을 알았다면 자중했을 수도 있는데 병으로 죽은 줄 알고 나는 삼월 그믐께 또 관서미행을 떠났다. 이번에는 작정을 하고 갔으므로 기간도 스무 날이나 걸렸다.

그동안 아버지가 나를 찾을 것을 대비하여 장관내관 유인식을 시켜 내 방에 누워 있도록 하고 병이 깊이 든 척하라고 했다. 의관들도 구슬려놓았다. 내가 아프다고 아버지가 친히 와보면 들통이 나겠지만 아버지가 나에게 병문안을 올 리 만무했다. 내 병이 옮기기라도 할까봐 오히려 멀리할지도 모른다. 아무튼 스무 날 동안 별일 없기만을 기대했다.

그 무렵 평안관찰사는 화완옹주의 남편 정치달의 조카 정휘량이었다. 정휘량은 옹주의 양자 정후겸과는 달리 신중하고 충성스러운 면이 있어 내가 신뢰하는 신하였다. 나의 미행 사실을 아버지에게 고자질하지 않을 인물이었다.

정휘량은 나의 신분을 숨겨주며 음식은 물론 필요한 것들을 대어주느라 정신이 없었다. 물론 평양 기생들도 대어주었다. 이러다가 위에서 알면 어쩌나 하는 불안도 있는지 늘 얼굴이 긴장되어 있었다. 한번은 함께 사냥을 나가 긴 숲을 지나가다 돌아보니 정휘량의 코에서 시뻘건 피가 두 줄로 흘러내리고 있었다. 그가 기침을 하자 그만 핏덩어리가 입에서 뿜어져 나왔다.

장인은 내가 아버지 몰래 평안도 방면으로 떠난 것을 알고 노심초사했다. 사람을 보내 정휘량에게 내가 어떻게 지내는지 넌지시 묻기도 한 모양이다. 장인이 내 걱정을 많이 한다고 정휘량이 귀띔해주었다. 아내는 속을 더 태웠을 것이다.

관서미행을 마치고 돌아오니 마음이 훨씬 가라앉았다. 다행히 아버지는 눈치를 채지 못한 것 같았다. 오월 중순에 아버지에게 문안하러 경희궁에 갔을 때도 미행에 대해서는 아무 말이 없었다.

장량 윤재겸이 내관 박문흥의 고자질을 듣고 나의 관서미행을 알게 되었다. 윤재겸이 나의 미행을 부추긴 사람들과 정휘량같이 미행을 도운 사람들을 처벌하라는 상소를 올렸다. 하지만 장인이 중간에서 아버지에게까지 상달되지 못하도록 조처했다.

나는 유월부터 학질을 심하게 앓아 팔월에 겨우 나았다. 그때 차라리 죽었더라면 이 뒤주에 들어오지 않아도 되었을 텐데 하는 생각이 또 든다.

구월에 아버지가 『승정원일기』를 보다가 승지 서명응의 상소문에서 관서미행 운운한 대목을 읽고 내가 평안도까지 미행한 사실을 알게 되었다. 나를 불러 얼마나 혼을 내는지 그때 내가 세 정승들처럼 죽는 줄 알았다. 관서미행을 도운 정휘량을 비롯하여 처형당할 사람이 한둘이 아니었다.

아버지는 일을 크게 벌이면 또 피비린내가 진동할 것을 우려했는지 며칠 지나자 미행에 대해 일절 말을 하지 않았다. 아마도 음독자살한 세 정승이 마음에 걸려 추궁을 접는 것 같았다. 세 정승이 죽음으로써 나를 살린 셈이었다. 그 세 정승의 혼령들이 서로 손을 잡고 죽기라도 한 양 나란히 서서 나를 맞을 준비를 하고 있다.

무엇보다 그립고 그리운 누님 화평옹주가 조용히 미소 띤 얼굴로 나를 향해 손짓하고 있다. 화평옹주가 저승에 있다면 저승은 극락이요, 계리사독이 말한 천국이요, 화평和平이다. 화평옹주가 서서히 내 몸으로 스며든다. 말할 수 없는 화평이 뒤주에 가득 차오른다.

누가 또 뒤주를 흔들어 화평을 흩뜨려놓는다. 내가 온 힘을 모아 소리를 내어본다.

"흔들지 마라! 어지럽다."

천둥 번개 치던 그날 밤, 잠 못 들고 있는 나에게 홀연히 남편이 나타났다 사라졌다. 남편에게 뇌성보화천존이 나타난 것처럼. 얼핏 남편이 뒤주에서 살아 나왔나 싶었으나 다음 순간 아, 남편이 숨을 거두었구나 알아차렸다.

천둥 번개를 그토록 무서워하는 남편인데 죽는 순간에도 두려움에 떨었겠다 싶어 간장이 무너져내렸다.

금위대장 구선복이 남편의 마지막 말을 전해주었다.

"흔들지 마라. 어지럽다."

흔들지 마라.

남편도 누가 자꾸만 흔드는 바람에 정신이 망가지고 삶도 망가졌다. 망가지는 중에도 다정한 남편의 모습을 보여준 적이 간혹 있었다. 아이들에게 따뜻한 부정을 쏟기도 했다. 대조와 중궁전과 선희궁에게는 효도를 행하려 애쓰기도 했다. 온양 거둥시에는 백성들에게 군주로서 은택을 베풀기도 했다. 이제 남편은 죽음으로써 흔들리지 않는 세계로 들어갔다.

나중에 들으니 남편이 뒤주에서 죽기 사흘 전에 대조는 경희궁으로 이어했다고 한다. 이어할 때 대조는 삼공을 비롯한 대신과 신하들을 거느리고 취타를 앞세워 개선가를 연주하게 했다. 나팔 소리, 피리 소리, 북 소리, 징 소리 들이 우렁차게 울려 퍼지는 가운데 대조는 아들이 갇힌 뒤주를 뒤로하고 홍화문을 지나 안국 거리를 거쳐 경희궁으로 나아갔다.

무엇에 대해 승리했다는 것인가. 아니면 아들을 잃은 비통한 마음을 오히려 개선가 가락으로 달래려 한 것인가. 대조의 정신도 남편처럼 심하게 흐트러지고 있지 않나 염려되었다.

남편을 생각하면 남편이 나에게 가장 정답게 말을 걸어준 날이 함께 떠오른다. 그날은 남편이 관서미행 일로 대조에게 책망을 들은 지 며칠이 지난 후였다. 대조가 갑자기 경희궁에서 창경궁으로 거둥한다는 소식이 들렸다. 남편은 그동안 사용하던 군기와 각종 기구들을 후원에 감추고 환취정環翠亭에 좌정했다.

보통 때 같으면 대조가 거둥한다고 하면 어쩔 줄 몰라 하던 남편이었는데 그날은 모든 것을 각오한 듯, 세상에서 나누는 마지막 대화인 듯 나에게 말을 걸어왔다.

너무나 다정한 말투라 내가 오히려 몸둘 바를 몰랐다.

"아마도 내가 무사하지 못할 듯하오."

"안타깝지만 설마 어찌하시겠습니까."

"어이 그러할꼬. 세손은 귀하게 여기시니 나를 없애도 상관이 없을 거요."

"세손이 마마의 아들인데 부자가 화복禍福이 같지 어떡하겠습니까."

"자네는 생각 못 하네. 나를 미워하는 마음이 심하여 점점 어렵네. 나를 폐하고 세손을 효장세자의 양자로 삼으면 어떡할 거요?"

"그럴 리 없습니다."

심장이 털컥 내려앉는 것을 느끼며 내가 소리를 높였다.

"두고 보소. 자네는 내게 딸린 사람이지만 귀여워하시니 자네와 자식은 여전할 거고 나만 그리 될 것이오."

그날은 맑은 정신으로 남편이 자신과 세손의 장래에 대해 차분히 말했다. 과연 남편의 예감대로 되고 말았다.

남편이 스스로 자진한 것처럼 죽었으나 언제 피를 토했는지 상처가 생겼는지 피 묻은 적삼을 남겼다. 구선복의 말로는 남편의 시신은 엎드린 채 절을 하는 자세로 있었다고 했다.

나도 엎드린 채 절을 하는 자세로 죽고 싶다. 나를 세상에 태어나게 한 조물주에게 절하고, 산천에 깃든 신령들에게 절하고, 이미 죽은 혼령들에게 절하고, 남편에게 절하고, 아들에게 절하고 죽고 싶다.

남편이 마침내 별세했다는 소식을 들은 대조는 전교를 내렸다.

"이미 보고를 받은 후이니 어찌 삼십 년 가까운 부자간의 의리를 생각하지 않겠느냐. 세손의 마음을 헤아리고 대신들의 뜻을 살펴 다만 그 호號를 회복하고자 한다. 아울러 시호諡號를 사도세자思悼世子라 한다. 비록 상례 기간이 있으나 상복은 다 차려입지 않아도 되고 검은색 오모烏帽와 옅은 검푸른색 참포黲袍로 대신한다. 백관은 한 달 동안만 천담복淺淡服을 입도록 하라. 세손은 삼년상을 마쳐야 하나 나를 만나러 올 때는 담복을 입도록 하라. 장례 후에는 담복을 계속 입고 있어도 된다."

남편은 세자의 지위를 회복했으나 '사도세자'라 불리게 되었다. 생각할 사思, 슬퍼할 도悼. 슬퍼하며 생각한다, 슬퍼하며 사모한다로 풀이할 수 있지만 나는 '생각할수록 슬퍼한다'는 뜻으로 여겨지기만 했다.

대조는 나에게도 혜빈惠嬪이라는 호를 내려 세자빈의 지위를 회복시켜주었다. 나는 세손과 함께 다시 창경궁 경춘전으로 돌아왔다. 하지만 나는 몸을 가누지 못할 정도로 쇠약해지고 말았다.

이십팔 세를 살아오면서 갖가지 질병을 앓았다. 학질, 마마, 홍역, 종기 등 백성들이 걸린 병들을 나도 다 겪었다. 이번에 내 몸을 덮친 병은 이전의 병들과는 다르다. 아마 나는 남편을 따라 이 병으로 죽게 될지도 모른다. 자진하지 않고 병으로 죽는 편이 더 나을 것이다.

점점 몸이 부어오르면서 기침이 끝도 없이 터져나온다. 가래도 한 사발씩 토해진다. 피도 섞여 나온다. 아무래도 폐가 망가진 것 같다. 숨을 한 번 들이쉴 적마다 가슴에서 쇳소리가 난다.

의관들이 인삼양영탕, 삼귤차 들을 조제하여 복용하도록 했지만 별 소용이 없을 것 같다. 주로 인삼이 들어 있는 약들이다.

진눈깨비가 내리는 날 경종대왕이 위독할 때 연잉군이 의관들의 만류에도 인삼과 부자를 급히 쓰도록 하여 빨리 훙서하게 했다는 소문이 있었다. 이 소문이 게장과 감을 드린 일과 결부되어 대조가 선왕을 죽였다는 독살설로 부풀어졌다. 내병에 가져오는 인삼들에 대해서도 나중에 이러쿵저러쿵 말들이 많을지 모른다.

나는 가례 때 어머니가 손수 지어준 다홍색 깨끼 치마저고리를 장롱 깊은 곳에서 꺼내어 입어본다. 궁궐에 와서 한번도 입어보지 못한 옷이다. 평소 같으면 도저히 몸이 들어가지 못할 옷인데 마를 대로 마른 지금 내 몸에는 어느 정도 맞는다. 치마가 깡총 짧은 것은 어쩔 수 없다.

나는 내관과 내인과 숙직 의관들이 잠이 든 틈을 타서 몸을 조금씩 움직여 살금살금 경춘전 내주_{內廚}로 다가간다. 궁전 뜰에 등잔 불빛이 희미하게 새어나온다. 내주 안으로 들어가니 각종 요리 반찬 냄새가 배어 있다. 조리하는 데를 지나 곳간을 찾아 들어간다. 뒤주가 거기 있다.

천판을 들어 뒤주 안으로 내가 들어간다. 쌀이 바닥에만 깔려 있어 내 몸이 다 들어갈 수 있다. 천판을 다시 닫는다. 캄캄해진다. 물속같이 적막하다. 내가 스스로 들어와서 그런지 편안함마저 느낀다. 남편이 종종 구덩이 집에서 관 속에 눕곤 했는데 이런 기분을 느끼려고 그랬나 싶다.

남편이 뒤주 속에서 어떤 생각들을 하며 죽어갔을지 상상해본다. 내가 비록 오늘 죽지 않는다 하더라도 남편이 팔 일 동안 갇혀 있었던 뒤주 안에 나의 여생이 담기게 될 것이다.

내가 쌀 위에 무릎을 꿇고 남편의 마지막 자세처럼 절하며 엎드린다. 이제 아침이 되면 내관과 내인, 의관들이 나를 찾아 부르며 부산해질 것이다.

멀리서 사경추니 우는 소리가 아득히 들린다.

작가의 말

그 애련한 날들

　30대 초반에 혜경궁 홍씨의『한중록』을 읽고 받은 충격은 지금도 잊을 수 없다. 그 충격이 언젠가는 작품으로 형상화 될 것이라고 예감해왔다. 그동안은 몇몇 작품에 단편적으로 사도세자와 혜경궁 홍씨의 이야기들이 삽입되기도 했다. 그런데 이번에는 총체적으로 작품화할 수 있는 기회를 맞게 되었다.

　처음에는 사도세자의 뒤주 감금 8일간과 혜경궁 홍씨의 80년 생애를 시점 전환으로 대비하면서 써내려갈 예정이었으나 혜경궁 홍씨의 생애는 따로 다루기로 했다. 사도세자의 뒤주 감금 8일간과 그 기간의 혜경궁 홍씨의 심정을 대비하는 구성으로 바꾸었다.

　사람이 교통사고를 당하여 차가 구르는 몇 초 동안에도 전

생애가 스쳐 지나간다고 한다. 8일간이나 뒤주에 갇혀 죽어가면서 사도세자는 어떤 생각들을 했을까. 몸의 건강은 어떤 식으로 쇠락해갔을까. 자신의 죽음의 원인이 무엇이라고 유추했을까.

날짜별로 상상력을 동원하여 사도세자의 형편과 생각과 사유를 추적해보았다. 물론『한중록』의 기록이 상상력의 기초가 되고 모티프가 되었다. 그 외『조선왕조실록』과 그 사건을 목격한 신하들의 기록, 영조 시대와 사도세자에 관한 연구서들이 자못 버팀목이 되어주었다.

"흔들지 마라. 어지럽다."

사도세자의 마지막 말이 큰 울림으로 가슴을 때렸다. '흔들지 마라'를 제목으로 삼고 싶을 정도였다. 이 말이 남편의 마지막 말임을 전해들은 혜경궁 홍씨는 소설에서 이렇게 소회를 밝히고 있다.

"남편의 인생도 누가 자꾸만 흔드는 바람에 정신이 망가지고 삶도 망가졌다."

도종환 시인의 시에 "흔들리지 않고 피는 꽃이 어디 있으랴"라고 했지만 그 흔들림이 도를 넘어버리면 정신에 과부하가 걸리고 분열될 수밖에 없다.

지금 이 시대는 군사독재 시절을 지나오고 민주화의 열매를 맺는 시기이긴 하지만 심각한 국론 대립으로 나라 전체가 흔들리고 있는 느낌이다. 게다가 불안한 세계정세도 한몫을 하고 있다.

조선 시대의 정쟁은 권력욕의 잔혹함이 있었으나 그래도 철학이 있었고 중국 고전을 기초한 수사학이 있었다. 하지만 작금의 정쟁은 이전투구 그 이상도 그 이하도 아니다.

흔들리는 이 시대에 『사도의 8일』을 통하여 반면교사의 교훈을 얻을 뿐 아니라 사도세자를 감싸 안은 혜경궁 홍씨에게서 여성성의 위대함도 느낄 수 있었으면 한다.

괴테가 『파우스트』에서 강조한 그 말, "여성적인 것이 모든 것을 구원한다"는 명구가 『사도의 8일』에서도 여전히 유효하게 적용된다.

젊은 시절부터 늘 품고 있던 『한중록』 작품화의 기회를 마련해준 한길사에 감사하며, 격려를 아끼지 않은 김언호 사장님과 백은숙 편집주간 등 직원들에게 감사의 뜻을 전한다.

2020년 1월 1일
관악산 기슭에서
조성기

사도의 **8**일

생각할수록 애련한

지은이 조성기
펴낸이 김언호

펴낸곳 (주)도서출판 한길사
등록 1976년 12월 24일 제74호
주소 10881 경기도 파주시 광인사길 37
홈페이지 www.hangilsa.co.kr
전자우편 hangilsa@hangilsa.co.kr
전화 031-955-2000~3 팩스 031-955-2005

부사장 박관순 총괄이사 김서영 관리이사 곽명호
영업이사 이경호 경영이사 김관영
편집 백은숙 김지수 노유연 김지연 김대일 김영길
관리 이주환 문주상 이희문 김선희 원선아 마케팅 서승아
디자인 창포 031-955-2097
인쇄 예림 제책 예림바인딩

제1판 제1쇄 2020년 1월 8일
제1판 제2쇄 2020년 7월 17일

값 15,000원
ISBN 978-89-356-6333-0 04810
ISBN 978-89-356-6332-3 (세트)

• 이 도서의 국립중앙도서관 출판시도서목록(CIP)은 서지정보유통지원시스템
홈페이지(seoji.nl.go.kr)와
국가자료공동목록시스템(www.nl.go.kr/kolisnet)에서 이용하실 수 있습니다.
(CIP제어번호: CIP2019053187)